帥醫筆記

之14 政商交鋒

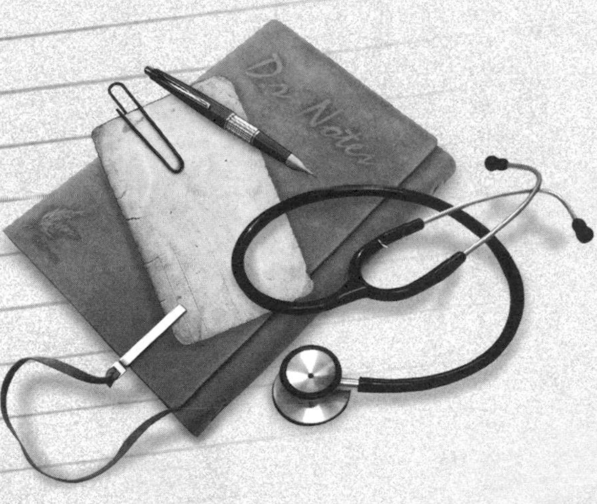

司徒浪◎著

我是一名婦科醫生。

每天，我都會接觸到女人那些難以啟齒的病痛，

我的職責便是為她們解除痛苦。

假如我看她們的笑話，出賣她們的隱私，

將她們的病痛當做閒聊話題，我就是個毫無廉恥的卑鄙小人。

我總認為女人比我們男人乾淨，她們不像我們男人，

為了競爭爾虞我詐，用心計、耍手腕，

她們心地善良單純，我因此本能地對她們產生憐愛。

我覺得女人真是一種奇怪的動物，她們有時候很難讓人理解。

女人的情感，就彷彿是天上飄著的一片雲，來無影去無蹤。

有時候你會覺得她們很變態，真的，她們固執起來的時候真的很變態。

說到底，男人或許是一種極端自私的動物，在他們眼中，只有獵物，沒有女人。

於是，許許多多說不清道不明、不便說也不能說的事情發生了。

而我只能將一切藏在心中，或者，寫入我的筆記……

——馮笑手記

目錄

帥醫筆記

第一章

不要去依賴某個男人

「林易什麼都沒有告訴過你？」
「他只說，你可以幫我，其餘什麼都沒有對我講。」
她幽幽地道：
「他總是這麼喜歡玩弄心計。馮醫生，你說得對，
女人，最重要的是不要去依賴某個男人，
否則，會痛苦一輩子。我知道自己真的錯了。」

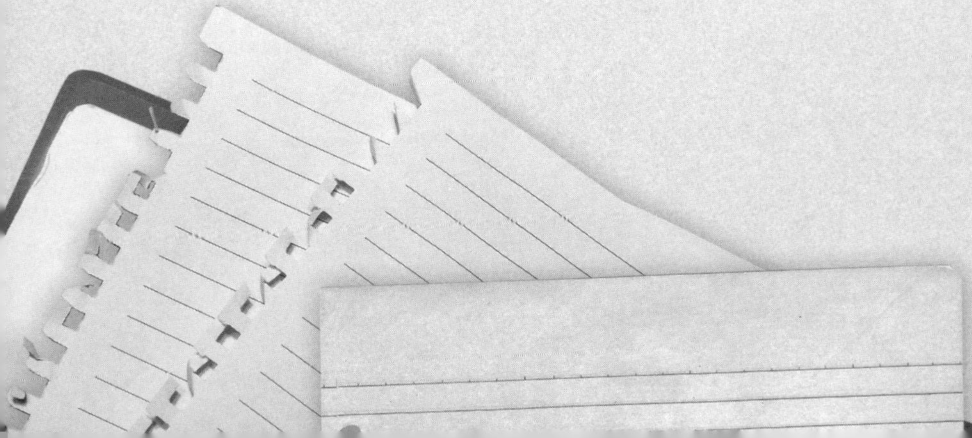

我咳嗽了一聲後，說道：「今天我請你們吃飯吧，因為我有一件很為難的事情想麻煩你。」

她笑道：「我已經知道了。如果你不是為了林易的事情來的，那麼，就一定是另外有什麼重要的事情了。不然的話，你怎麼會主動提出為我侄女安排工作？」

我頓時尷尬起來，「不是這樣的，那是另外一回事情。即使你幫不了我，我也會安排的。畢竟你是我岳父的朋友嘛。」

說到這裏，我發現她的臉色忽然變了，急忙又道：「對不起，可能我不該提及這件事情，但是，我畢竟是他介紹來的啊？吳教授，我們可以先不談這件事情，但是我覺得，如果今後有機會的話，我們可以交流一下，因為我覺得，很多誤會其實都是因為一些小事情造成的。人生苦短，如果因為一些小事影響了一個人終身的幸福，那就太不值得了。對不起，你看我，怎麼又說到這件事情上面去了？呵呵！有人說，我們男人在婦產科的時間長了，就會變得和女人一樣婆婆媽媽的，看來，我也很危險啊。」

她頓時笑了起來。

我不禁大大地鬆了一口氣，心想，自己這樣拿自己開玩笑也算值得了，於是，我接著又說道：「吳教授，是這樣的，我一位親戚，最近有了一次被提拔的機會……」

說到這裏，她忽然打斷了我的話，「我明白了。說吧，需要什麼價位的？哪個畫家的？」

我搖頭，「吳教授，你聽我說完好嗎？問題不單單在價位上，也不在誰的作品上。關鍵是要合適。因為對方是一位懂藝術的人，但是，我們又擔心東西太昂貴了會出事情。畢竟，這涉嫌買官。」

她淡淡地笑道：「這樣的事情在我們這裏經常有。現在的官員都喜歡附庸風雅，其實真正懂得其中真諦的又有幾個呢？馮醫生，不會是你自己想要被提拔吧？想當你們醫院的副院長？」

我猛地搖頭，急忙地道：「不是我，真的不是我。我現在也是副教授、科室主任了，我對當官一點興趣都沒有。前不久，一位高級官員主動讓我去給他當秘書，我都沒同意呢。我真的是為一位親戚辦事情。」

我有些口不擇言，因為我擔心她繼續懷疑。

她詫異地看著我，「你？給別人當秘書？你不是醫生嗎？」

我看出來了，她根本就不相信我的話，不過，我已經醒悟到自己說錯話了，但我又不可能把那件事情說得更清楚，「信不信由你吧。我這個人，生性對官場的事情厭惡，而且我覺得在官場做事情，風險太大，遠不如我當醫生這樣輕鬆愉快。」

「男人天性對權力有著一種迷戀，你倒是一個例外。說起來，你是另類啊。呵呵！好吧，我相信你。那你說說，你究竟需要什麼樣的東西？」

我搖頭，「因為我不懂，所以我也不知道。只有一個原則，那就是一定要真，還不能太顯眼。」

她不說話，皺眉在思索。

我也不敢再說什麼，生怕打斷了她的思維。

「林易叫你來找我的？」一會兒後，她忽然說道。

我一怔，因為我想不到她忽然又問了我這個問題。我不能騙她說不是，所以只好點頭，「是的。他說，可能你會給我一個好的建議。」

她的臉色變得蒼白起來，嘴唇也在顫抖，可是沒有說話。

我心裏暗自納罕：這是怎麼啦？怎麼她忽然變得這麼激動了？

我有些尷尬，「吳教授，是不是我說錯了什麼話？」

她搖頭。

我駭然地發現，她的眼角掉下了幾滴淚珠。

我頓時忐忑不已，「你……如果確實太為難你了，那就算了吧。」

其實我是莫名其妙，因為我不知道她為什麼會這樣。我今天只是來找她給我建議，如果可能的話，我就按照她的建議把東西買回去，想不到她竟然會出現這樣的狀態。

她緩緩地站了起來，揩拭了眼淚，「我明白他的意思了，你跟我來吧。」

她說完後，就朝外面走去。

我莫名其妙地跟在她身後。

出門的時候，她對我說：「替我把門拉上。」

她的聲音冷冷的，沒有任何的情感。

我更加忐忑不安。

忽然看見前方樓梯口處的窗戶旁邊，是董潔的背影，她正在看窗外的風景。

董潔轉身來看我們，她也發現了吳亞如臉色的不正常，隨即來看我。

我朝她苦笑著搖頭，她的臉頓時又紅了，隨即默默地跟在吳亞如的身後。

只聽見我們不整齊的腳步聲，三個人就這樣下到了樓底下。

吳亞如忽然轉身，「馮醫生，你不喜歡那幅畫？我臨摹的那幅『晨曲』？」

「喜歡，我很喜歡。因為那幅畫曾經震撼過我。」我說，說的是實話。

她歎息，隨即去對董潔道：「你去把那幅畫拿下來，然後，在這裏等我們。」

董潔去了。

「馮醫生，對不起，剛才我失態了。」吳亞如向我道歉說。

我急忙地道：「沒什麼。不過，我很不好意思，因為我真的無意讓你這麼為難。我不知道你為什麼會這樣，如果真的讓你為難了，我很是歉意。吳教授，我這個人不喜歡為難人，所以，我看這件事情就算了吧。」

她看著我，「林易什麼都沒有告訴過你？」

我搖頭，「他只是告訴我說，你可以幫我，其餘的什麼都沒有對我講。」

她幽幽地道：「他總是這麼喜歡玩弄心計。馮醫生，你說得對，作為女人，最重要的是不要去依賴某個男人，否則的話，會痛苦一輩子。我知道自己錯了，真的錯了。你跟我來吧，去我家裏。」

她的家距離這裏很近，其實根本就不能稱其為家，最多只能稱其為「寢室」。因為我發現，她住的地方就一間屋子，不過屋子很大而已，起碼有五六十個平方。裏面顯得很凌亂，顯眼的是那張大大的床，還有屋子正中的那一套橘黃色的沙發。

這間屋子的牆壁是白色的底子，牆上畫滿了一些莫名其妙的圖案，反正我沒看明白那些圖案究竟是什麼東西。

她沒有請我坐下，也沒有給我泡茶，雖然我感到口渴。我只好站在她屋子的中央四處張望。

一會兒之後，我忽然有了一種感覺：她這地方雖然凌亂，但卻別有一番風景。因為我發現，這間屋子凌亂得很有味道，不是那種顯得髒的凌亂。

真是搞不懂這些當畫家的。我不禁苦笑。

吳亞如正在打開窗戶旁邊的一個櫃子，隨即就見她拿出一個卷軸。

她朝我走了過來，將那卷軸朝我遞了過來，「拿去吧，這是林易最想要的東西。」

我頓時愕然，「這是什麼？」

「徐悲鴻的一幅字。」她說。

徐悲鴻我還是知道的，他好像是近代一位專門畫馬的畫家，很有名。他的字？這得值多少錢啊？林易不是叫我來請吳亞如拿主意嗎？怎麼成了這樣了？我百思不得其解。

不過，我現在根本就來不及去想這樣的事，於是我問她道：「這多少錢啊？」

「這本來就是他的東西，現在他想拿回去，你拿回去交給他好了。馮醫生，你用不著拿什麼你親戚要提拔的事情來騙我。他就是這樣，一件簡單的事情，非得搞這麼複雜。」她說。

我忽然發現她的眼睛紅紅的了。

我沒有伸手，因為我很不解，而且還發現，她已經誤會了我，於是急忙地道：「我真的沒有騙你，林易從來沒有告訴過我說，這東西讓我拿回去給他。我真的是想請你幫我出一個主意，然後買一件東西回去送人。」

她開始流淚，「謝謝你，你沒有騙我，我很感謝你。我明白了，他是不想讓我繼續擁有這件東西。他……他想要與我徹底斷絕一切。你拿去吧。你問問他，這件東西究竟值多少錢？」

我依然不敢去接，「你可以告訴我嗎？這究竟是怎麼回事？」

她搖頭，「他欺騙了我這麼些年，現在終於露出他的真面目了。這樣也好，免得我等他一輩子。」

我看著她，「吳教授，他曾經告訴過我的，他說你是他的紅顏知己。只不過因為某種原因，你們不可能在一起罷了。對了，他曾跟我說過你作的一首詩……」

我緩緩地、低聲地吟誦著，她頓時癡了的樣子。

「你怎麼記得這麼全？你很喜歡這首詩？」聽我吟誦完後，她詫異地問我道，眼裏還噙著淚珠。

我微微地笑道：「是的，我很喜歡。那次，他把這首詩讀出來，我聽了就記住了。當時我就想：他說的這個女人肯定很漂亮，很年輕。我很好奇，也很神往，因為我實在想不出，是什麼樣一個女人，不但能夠畫出那麼漂亮的畫，而且還能夠寫出這麼讓人迷醉的詩來。」

「你看到我後，就很失望了，是吧？」她在朝我微笑，不過雙眼依然有些紅。

我搖頭，「不啊，我今天見到你了，才覺得那幅畫、這首詩的主人，就應該像你這個樣子才對。」

她笑了，「你真會說話。拿去吧，今天中午我也不請你吃飯了，我心情不大好。對不起。」

我猶豫了一瞬，還是去接了過來，「謝謝。」

「小潔什麼時候可以到你那裏去上班？」她隨即問我道。

「如果可以的話，明天就隨我一起走吧。我的公司在我家鄉有一個專案，正準備開始做。很大的一個專案，正需要人，明天我準備回家一趟。呵呵！我正說找一個人幫我抱孩子呢。這下好了，不需要另外找人了。」我說。

「你沒有駕駛員？」她詫異地問我道。

「我就是一個醫生，哪裏需要駕駛員？」我笑道。

「你這個人很奇怪。」她說，隨即問我道：「你什麼時候回來？我也想麻煩你一件事情。」

「最多半個月吧。你說，什麼事情？」我問道。

「我最近身體不大舒服，你能不能幫我介紹一個好點的醫生看看？」她問我道。

我頓時笑了起來，「這件事情很簡單啊？你說說，你什麼地方不舒服？需要看內科還是外科？」

「當然是婦科了。我不和你說了，怪不好意思的。」她說，臉竟然紅了。

我很理解她現在的感覺，畢竟我是男醫生嘛。

於是我說道：「這樣吧，我馬上打電話問問今天下午哪個專家在上門診，我帶你去也行。婦科病不要耽誤了，很容易耽誤出大事情來的。我是醫生，你一定要聽我的建議。」

「我去看過醫生了，可是一生氣就離開了。你不知道，當時把我氣壞了。」她說，說到後來頓時變成了氣咻咻的樣子。

「那位醫生是不是說你患了性病？」我笑著問她道。她這樣一說我就明白了。

「就是啊。真是的，我很久沒有過男人了，也沒去公共浴池洗過澡，怎麼可能得那種骯病？氣死我了！當時我真的想搧那醫生一耳光！」她憤憤地道。

我頓時笑了起來，「那是那位醫生沒有經驗，我估計你這是子宮頸炎。不過，得檢查確診了再說。」

子宮頸炎的症狀正是她說的那樣，這種疾病是未婚女性的多發病。不過，這種疾病的症狀與急性淋病或者梅毒的表現很相像。現在的醫生可能見的性病太多了，特別是看到她那麼漂亮，很可能就下意識地想到了那種疾病上面去了。

「好治療嗎？」她問我道。

「如果確診了的話，很好治療的。」我說，隨即又道：「關鍵是要明確診斷。所以，我建議你馬上去醫院。」

「為什麼會得這樣的病？」她問我道。

「你是不是經常通宵作畫？」我問她。

她詫異地看著我，「你怎麼知道？」

「你休息不好，容易造成激素紊亂。而且，我看你這裏的條件不大好，估計熬夜後就直接睡覺了，所以，沒有特別注意自己的個人衛生。這就是病因。今後一定要注意了。你是畫家，應該不缺錢吧？我建議你去買一套房子，今後可以方便洗澡。」我說。

她頓時黯然地道：「我晚上睡不著，所以，經常熬夜。謝謝你馮醫生。你明天要回家，肯定還有很多事情要準備。這樣吧，下午我自己去就是。」

我即刻拿出電話撥打我們醫院的門診，「你好，我是馮笑。今天下午哪位上專家門診？」

接電話的護士告訴了我。我即刻壓斷電話，給下午上門診的醫生打過去，「您好，我是馮笑啊。麻煩您一件事情，下午我一個熟人找您看一下，麻煩您進一步診斷一下，謝謝您。」

對方是一位資深的醫生，所以我很客氣。

她也很客氣，即刻答應了。

隨即，我對吳亞如說道：「聯繫好了。你去的時候告訴她我的名字就行了。實在對不起，我下午真的有一件重要的事情要處理。」

她苦笑，「說實在話，我還真的不想去你們醫院看病。我們一起去吃飯吧，現在我心情好多了。」

「我請你吃飯吧。不，請你們。」我說，禁不住揚了揚手上的卷軸。

她的目光來到了我的手上，神情頓時黯然，隨即搖頭道：「算了，你回去吧。

我，我心裏忽然難受起來了。」

我頓時默然，看了她一眼後離開。

現在我知道了，林易可能把她傷害得很厲害。不過，我不明白他們之間究竟發生了什麼。我想：也許林易太過君子了，因為他畢竟已經結婚，而且，不願意背著施燕妮在外面胡來。我記得他曾經好像告訴過我這樣的話。

雖然我自己的生活過於混亂，但是，對林易這樣的君子還是很敬佩的。因為我做不到他那樣。

出門後，我禁不住轉身去看她，發現她正背對著我，在窗戶那裏站著。她的後背在抽動。

我在心裏歎息了一聲，隨即輕輕將她的門關上。

忽然，我有了一種衝動，就在下樓的時候忍不住打開了手上的卷軸。

我看見，卷軸上寫著「澹泊明志寧靜致遠」幾個字，落款是：三七年夏日，悲鴻。後面是一方紅色的印章。

我不懂書法，不過覺得這幾個字寫得很有氣勢，筆劃似柔軟而兼含剛勁，反正看上去覺得很舒服。我覺得這肯定是徐悲鴻的真跡，因為它看上去很美。

美是一種感覺，是一種可以感染到人心的力量。我不相信假的東西會有如此的感染力。

隨即將卷軸卷上，快速地下樓。我感覺到自己的腳步變得輕快起來。

遠遠地就看見董潔站在我的車旁，她手上拿著那個畫框，就那樣呆呆地站在那裏。

「謝謝你。」我快步跑過去對她說道。

她的臉紅了，低聲地說：「沒什麼。」

「我已經跟吳教授說好了，明天你隨我一起下鄉去。你今天準備一下吧。明天一早，到我家的樓下來。對了，你會抱孩子吧？」我問她道。

「你的孩子？」她問。

我點頭，「要辛苦你幫我抱著孩子，因為我要開車。」

「我們去什麼地方？」她問道。

「我的老家。我的公司在那裏有個專案。如果你覺得遠的話，到時候安排你去另外一個地方也行，就在省城的周圍。那裏也有我的專案。」我說。

因為她是吳亞如的侄女，剛才我看見吳亞如那麼傷心的樣子，頓時明白我手上的這個卷軸可能對她非常重要。所以，我心裏很是愧疚，也希望能夠儘量照顧到董潔的意願。

她不說話。

於是，我又說道：「這樣吧，你先去我家鄉那裏看了再說。呵呵！你有什麼要求，到時候隨時給我提就是了，沒關係的。這次是我想請你幫忙，幫我抱孩子。」

「嗯。」她終於說話了。

我很高興，隨即打開了車門。

她把那畫框放到了副駕駛的位置上，我隨即把我家的住址告訴了她。

將車開出美院後，第一件事情就是給林易打電話。

我在撥打電話的時候，同時在想怎麼去跟林易說這件事情。可是，當電話接通之後，我卻忽然不知道該從什麼地方說起了，以至於竟然出現了短暫的說話空白。

電話是通了的，我確信對方在等我說話，但是，我真的不知道該怎麼說了。

「馮笑，是你嗎？」他那邊終於說話了。

「東西拿到了，她沒有要錢，是徐悲鴻的一幅字。」我說了三句話，速度不快，每句話之間都停頓了一下。這其實是我打電話前想到要說的內容，只不過，現在沒有把它們串起來罷了。

「你直接送到常書記那裏去吧。」他說。

「你不看看？」我問道。現在，我的思維才開始變得活躍自如起來。

「她不會騙你的。」他說。

「這東西是你送給她的，是吧？」我又問道。

「馮笑，這是我和她之間的事情。我年齡大了，你施阿姨對我也很好，不需要再去搞什麼婚外情，更不應該再把她耽誤下去了。她的年齡也不小了，我讓你去把這東西拿回來，也是為了完全斷絕她的念想。馮笑，我想，你現在肯定已經明白我為什麼要讓你去找她了吧？好啦，就這樣吧，這件事情就算是圓滿完成了，我還有事情。明天你回家慢慢開車，一定要注意安全。小楠的事情有你施阿姨在，你別擔心。」他說完後，就把電話壓斷了。

這一刻，我彷彿什麼都明白了。可是仔細一想，卻又覺得模糊不清。

不過，有一點我應該是明白了——

昨天晚上，他當著我的面，並沒有把吳亞如的號碼告訴我，而是非得在他離開後給我發簡訊。

這件事情我當時覺得很奇怪，因為那不是他做事的風格。現在，我頓時明白了：他是為了讓施燕妮看到，今天去找吳亞如的人不是他，而是我。

也許他把一切都告訴了施燕妮，同時也向她證明，他讓我去從吳亞如那裏拿回他送給吳亞如的最後一樣東西。

我畢竟是他們的女婿，他們當然不願意直接在我面前談及這樣的事情。這件事情對他們來說，畢竟屬於隱私，而且，直接在我面前談及，會有些尷尬。

所以，我感覺到了林易的一種無奈。

不過，很久以後，當一切真相大白的時候，我才明白，實際的情況遠遠比這要複雜得多，而且，其中還牽涉到我。後來我才明白，就是這樣一件小事情裏，包含的東西其實很殘酷，對我，對林易，對施燕妮和吳亞如都是如此。當然，這是後話。

第二章

官場的不成文規定

官場有一條不成文的規矩，那就是，
什麼罵名都可以落，獨獨落井下石這罵名落不得。
兔死狐悲，唇亡齒寒，大家都在一條河裏掙扎，
玩的是同一類遊戲，有人溺水你不伸手可以，
但你再抱塊石頭砸過去，你就犯了眾怒，
以後，誰還敢跟你坐同一條船？

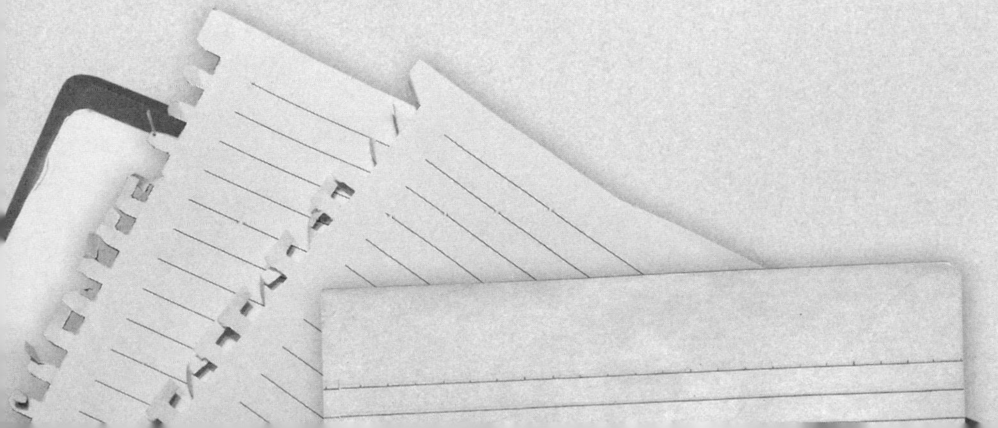

今天要做的最重要的一件事情，就是把這幅徐悲鴻的字安全送到常育那裏去。有些事情是不能拖的，因為機會不可能一直在那地方等候，需要機會的人，只能也必須提前去排好隊，然後等候。

常育說她在辦公室裏面，不過，她特地告訴我說，不要去她的辦公室，因為她說今天她那地方不大方便，有省裏面的領導來視察。

我說，東西拿到了，我明天要回老家半個月，怎麼辦？

她說，你給洪雅吧，讓她抽時間給我。

我只好答應。剛才在說話的時候，我聽到她的電話裏有些嘈雜的聲音，估計她今天確實很忙。不過，我只能聽她的。但是我有些擔心：這件東西合適嗎？

應該合適的。以林易那麼精明的人都覺得合適，我就不需要擔心什麼了。

現在，我已經完全清楚了，林易其實早已經安排好了一切，一舉兩得甚至一舉多得，才是他辦事的風格。

正準備給洪雅打電話，卻發現常育給我打了電話，「你馬上過來吧，領導臨時決定去另外的地方。」

「好。」我大喜，隨即和她開玩笑道：「姐，想不到你這位堂堂的市委書記，也得聽別人安排啊？」

她卻歎息了一聲後對我說道：「是啊，當官不是每一刻都威風，在下屬面前怎麼擺譜也不為過，不擺譜下屬還難受；一旦到了上司那裏，下屬是啥樣你就是啥樣，有時候，還比他們可憐。」

我頓時停止了和她開玩笑，因為我覺得她的話很有道理，而且還有一種無奈。很快我就開車去到了她的辦公室，那幅字畫我用一張報紙包裹住了，一點也不顯眼。

我發現，她的膚色好了些，也不再像上次看到她的時候那麼消瘦了。看得出來，她堅持在吃藥。不過，她依然憔悴，我估計這是因為太累了。

所以，我進到她辦公室後的第一句話就是勸她，「姐，你太累了，應該抽時間休息一下。」

她搖頭，「具體的事情倒是不多，就是這樣迎來送往的事情太多了。沒辦法。天天開會，不是講話就是彙報，千篇一律，真是煩死人。」

「有人希望像你這樣煩人還巴不得呢，這也是權力的體現啊。」我笑著說。

「呵呵！你說得對。不過，真的很煩人。你不知道，官場裏恭維人的時候面皮最厚。再肉麻的話，從官員嘴裏吐出來都有模有樣，聽上去還很正經。這讓人不得不嘆服官場是個很可愛的地方，能把一群高智商人變得跟魚丸一樣沒有腦子。但沒有了這種肉麻話，官場就跟菜市場沒啥兩樣，那反倒沒了意思。下級奉承上級，就跟學生見了老師要喊報告一樣，多了這道程序，老師可能會煩，但少了這道程序，老師就不只是煩了，那會是另一種結果。你看，我整天過的就是這樣的日子。」她苦笑著對我說，隨即朝我伸出手來，「東西呢？我看看。」

我打開那層報紙，隨即將裏面的卷軸交給了她。

她仔細地看，隨即點頭，「這東西看上去不錯，多少錢買的？」

我回答道：「沒花錢。」隨即把事情的經過告訴了她。

在她面前，我不想隱瞞一切，這也是她曾經這樣要求我的。

「這個林老闆，呵呵！你這位岳父很有意思。可惜他是商人，如果進入官場的話，會很了不起。」她聽完後說道。

「姐，昨天他來找了我，對我說了一些話，我覺得他說的很有道理……」隨即，我把昨天和林易的談話內容告訴了她，隨即又道：「那位劉部長，真的是那樣的人嗎？這件事情不會影響到你吧？」

她沉默，一會兒後才說道：「馮笑，你岳父這個人真的很厲害，他看到很遠。我很欣賞他。說實話吧，其實我也是想通過這件事情，去試探一下這位劉部長，看他究竟是一種什麼態度。你不知道，越是這樣喜歡玩平衡的人，他對官場上面的風吹草動就越敏感。雖然在黃省長的事情上，他根本算不上什麼，也不會起到什麼作用，但是，他的消息很靈敏，所以，我想通過這件事情，去觸及一下他那根敏感的神經，看他如何應對。黃省長的對手的資訊我們很難得到，這倒是一種不錯的方法。你明白了嗎？」

我並不明白，不過我很擔心，「姐，萬一……最近的形勢，是不是對你很不利？是不是接下來可能會遇到什麼麻煩的事情？」

她淡淡地笑，「沒那麼多麻煩，官場上的人有一個基本的原則，要麼一棒把對手敲死，要麼大家得過且過、和和氣氣地這樣過去了。這得看雙方掌握多少對方的把柄。此外，官場還有一條不成文的規矩，那就是，什麼罵名都可以落，獨獨落井下石這罵名落不得。兔死狐悲，唇亡齒寒，大家都在一條河裏掙扎，玩的是同一類遊戲，有人溺水你不伸手可以，但你再抱塊石頭砸過去，你就犯了眾怒，以後，誰還敢跟你坐同一條船？

「馮笑，你不是官場上的人，所以你不需要瞭解這麼多。不過，我很謝謝你對我的擔憂和關心，這對我來說就夠了。就如同你在路上遇到狗，首先是不要驚慌，要勇敢地與牠搏鬥，頂多會有三種結果：一是你贏了，你比狗厲害；二是你輸了，你連狗都不如；三是你們打平了，你和狗一樣。呵呵！你別笑，真的是這樣的。

「其實，官場上的事情有時候也很簡單，主要是要明白：官場的競爭從來不是在同一條水平線上的競爭，要想在一大堆人中勝出，要麼你的政績比別人突出許多，要麼你有別的制勝法寶。

「現實的官場哪還有別的評價標準，一切都以位子論。你坐得高，別人就情願稱臣，俯首貼耳地任你指揮；你跌得低摔得慘，別人就只能拿你當笑柄。

「在官場，往前走的唯一法寶就是不要太貪。即便要貪，也要貪未來而不是貪現在，貪前程而不是貪錢程。反正我是看透了，所以，再累也忍了。沒辦法，進到官場裏，就沒有了回頭路，走回頭路的話，會讓別人笑話的，就是自己心裏也不會平衡的，就像你剛才說的那樣，很多人還希望自己這樣累呢。畢竟，這種高高在上、眾星捧月的感覺，還是很讓人迷戀的。」

「姐，你說得真好。今天聽你這樣說，我才明白為什麼那麼多人想當官。原來這裏面雖然殘酷，卻也很有樂趣啊。」我笑道。

她頓時笑了起來，「最近聽到下面的人說了一個笑話，我覺得很有道理。說當領導的，只要做到以下幾個方面，升官發財就不是什麼難事了。一是放一本最新的理論書籍在自己的辦公桌上，用紅黑兩種墨水的筆在字下胡亂劃些道道，並在封面滴點墨水；二，選一個重要節日，找一個貧困人家，從自己兜裏掏兩百塊錢慰問，切記，別忘了邀請儘量多的記者；三，在某個工作比較忙的階段，適量服用一次巴豆，趁廁所有人時倒下，在被人往醫院送的途中，嘴裏要不停地說著，工作要緊，我沒事的……」

我大笑，「太搞笑了。」

她也笑，「第四，同樣在某個工作比較忙的階段，故意幾天幾夜不回家，然後，打電話給老婆，讓她在上班高峰期跑到單位來大叫『你只要大家，不要小家了嗎！』如果老婆演技上乘的話，還可讓她當眾哭哭啼啼訴說你一樁樁不顧小家的罪狀。」

我頓時笑得肚子痛。

她卻繼續地道：「第五，獻一次血，但一定要讓秘書帶照相機去，照片放大若干張備用。第六，學會一首主流歌曲，對著OK帶千萬遍地唱，在群眾活動時上台唱，唱之前，一定要說自己從來不唱歌，但今天與大夥兒在一起特別特別高興，就隨便哼兩句吧；第七，熟記幾個經濟大師和政治人物的名字，並能背誦他們的一兩句話；第八，讓秘書以你的名字，資助一個貧困學生，費用私底下開個招待費發票報銷就行了。此事要在提幹或測評等敏感時期，讓秘書巧妙地透露給媒體。」

我笑道：「這就是作秀吧，好像你們領導都會的。」

她也笑，「越大的領導就越會作秀。還有媒體大力支持。你繼續聽，還有更厲害的。第九，找幾個搞房地產的朋友，在你某天開會的時候請你去吃飯，你當眾把他們臭罵一頓，並趕走他們……然後，晚上再聚。還有，讓班子內的某個心腹，在某次會議上提出為你買部好車，你婉言謝絕。」

我再次大笑，覺得她說的這些雖然很好笑，但是仔細一想，才感覺到這些還真是領導常用的伎倆。

「好了，馮笑，今天我很高興。也只有在你面前的時候，我才覺得這麼輕鬆、愉快。在這裏我不方便請你吃飯，康得茂也走了。反正回省城很近，你先回去吧，我還有一個會議。最近兩天，我就與劉部長聯繫，這件事情你不要再管了，也不要問。今後是什麼結果，我也不知道，等吧。你記住我一句話：我們不只對自己負責，還要對全局負責，要對領導的命運負責。領導的命運，到一定時候就是你的命運。家雖是你的，老婆雖然也是你的，但你不是你自己的。明白嗎？」

我點頭，然後離開。其實，我並不完全明白。我不想去深思這樣的官場哲學，因為我覺得太累了。

不過，我在回城的路上，一直在想著今天她對我講的那些話，我發現，自己越去深想，就覺得越有道理。

官場上的人，有時候還是很好玩的。我心裏想。

以前每次和常育見面後，她總是要求我給她按摩一下。但是今天，她沒有對我提出來。所以，我忽然感到有些不習慣，而且，心裏還有些想做那樣的事情了。這就如同一件早已經安排好的讓人愉快的事情忽然被取消了一樣，會讓人覺得遺憾和難受的。

我頓時不想即刻回家去。現在，我很害怕家裏的那種冷清，唯有兒子可以給我帶來些許的幸福感覺。

剛剛進城，就給余敏打了電話，「在什麼地方？我明天回老家去，晚上我到你那裏住。」

「我馬上去買菜。然後搭車去你別墅那裏。今天上午我才將你那裏整理了一下，也買了些基本的生活用品。下午我去公司看了一下，處理了些小事情。」她回答說。

我忽然覺得，她現在最缺的應該是一輛車。她住進了別墅，沒有車怎麼行？

於是，我掛斷了電話，心想晚上的時候和她說說這件事情。

我開車到別墅的時候，余敏已經在裏面了。她正在做飯。

剛剛進到別墅，我就聞到了菜香味，急忙朝廚房走去。她看到我進來了，轉身朝我笑。我發現，今天的她似乎漂亮了許多，臉色紅潤，皮膚也恢復到了從前的白皙。她身穿白色毛衣，腰上繫著一條圍裙，兩隻胳膊露了白藕似的一節。

我看著她笑，「做的什麼菜啊？這麼香？」

「糖醋魚，這是我最拿手的菜。我還買了幾樣做涼菜的東西，自己拌作料。只有口水雞是在外面買的。」她笑著對我說。

她的神情可愛極了，我禁不住過去從她的身後將她輕輕抱住，「余敏，想不到你還會做菜。」

我明顯地感覺到，她的身體顫動了一下，隨即「咯咯」地笑，「我會做的菜多著呢。今後，你慢慢品嘗吧。」

我去親吻她的臉頰，「好，今後，我不但要慢慢品嘗你做的菜，還要慢慢品嘗你。」

她的臉在發燙，我的唇已經感覺到了，她扭捏著輕笑道：「今天你遇到什麼好事情了？這麼高興？還這麼溫柔。」

我去輕輕含住她的耳垂，「看到你我就高興了啊。余敏，今天你怎麼這麼漂亮啊？是不是昨天晚上被我滋潤了的緣故？」

她的微笑在融化，我也感覺到了，因為她正在我的懷裏往下滑。

我急忙用力地將她抱住，依然在她耳畔低聲地道：「怎麼？反應這麼強烈啊？」

她的呼吸在加粗，「哥，你別。我在做菜呢。」

她的話讓我激情噴發，忍不住伸出一隻手解開她褲子上的皮帶，「小敏，我現在就想要。」

她沒有說話，不過，我已經聽到她的呼吸更急促了，即刻將她的身體推到餐桌前，我的眼前是她白皙漂亮的臀部。

她翹起了她的臀。

我早已經激情勃發。就在那一瞬間，她發出了歡快的、銷魂的一聲呻吟……

我的肌體享受著極度的愉悅，鼻腔裏是鍋裏糖醋魚的甜香氣味。伴隨著鍋裏面「咕咕」的聲音，她在呻吟，但卻似乎在極力地忍著。

我對她說道：「小敏，想叫就大聲叫出來吧。」

她果然叫出來了，不過同時又說道：「哥啊，你輕點，鍋裏的魚糊了就麻煩了。」

我笑道：「你還惦記著鍋裏的啊？」

「我……我去把魚翻一下。哦……哥，等我把魚翻一下再說。」

余敏做菜的味道確實不錯，每樣菜都很有特色。

我吃了幾口後，對她說道：「怎麼樣？來點紅酒？」

「好，喝點吧。」她說。

我們碰杯。

我笑著問她道：「剛才你說，你是第一次在廚房裏做那樣的事情。你說說，曾經你最爽的一次，是在什麼地方？」

「在重慶。」她說，同時媚了我一眼，「那次，你把我整得好舒服。」

我不相信，「不會吧？你和其他男人……你別生氣啊，我只是好奇。」

「其他的都不如你。」她說，臉上一片紅色，隨即「吃吃」地笑，「真的。」

我頓時高興起來。被女人這樣讚揚，總是值得高興的，而且，剛才我的問題還有另外一個目的：想試探她是否對我有其他的期盼。

我想，如果她需要我今後給她一個身分的話，就絕不會像這樣自如地說著她和其他男人的事情的。

她的回答我很滿意，因為她並沒有迴避她和其他男人的事情，這說明，她對自己的定位很清楚。

於是，我不再說這件事情，「余敏，你現在手上還有多少錢？」

「不多，我沒賺到多少，反而花出去了很多，現在我賬上也就十來萬。怎麼？你需要錢？如果急需的話，我都借給你吧。」她說。

我頓時大笑起來，「你那十來萬，我拿來幹什麼？余敏，是這樣的，今天我忽然想到了一件事情，我覺得你應該買輛車。你現在住在這裏，進出很不方便。你說呢？」

「我也想過。不過，你這地方是別墅區，我不可能買一輛太差的車吧？與其如此，還不如不買呢。呵呵！哥，我倒是買了一輛車，自行車。出去的時候就放到門衛那裏，進出倒也方便。不知道的人還以為我是喜歡運動呢。這樣，也不丟你的分。」她笑著說。

我大笑，「虧你想得出來。你把那自行車放在什麼地方了？我怎麼沒看見？」

「放在別墅外右邊的花園旁邊了。」她笑著說。

「買輛車吧，先不要買太好的，二十多萬的就可以了。對了，你會開車嗎？」我問道。

「我有駕照。學了後沒車開，本來以為很快就可以賺到錢，結果想不到，做生意這麼難。」她說。

「余敏，一會兒把你的銀行卡號告訴我，我明天給你匯點錢，你儘快去買輛車，這對你今後公司的形象也有好處。三十萬夠了吧？」我對她說道。

「好，算我向你借的。今後慢慢還給你。」她說。

「再說吧，等你有錢了再說。」我不以為意地道。

她搖頭，「不，我今後一定要還給你，不然，我擔心自己沒有動力了。哥，你不要求我還錢的話，其實是在害我，知道嗎？」

我再次大笑，「余敏，你真可愛。好吧，今後你一定要把錢還給我。不但如此，還得付利息。」

「我才不幹呢。」她說，隨即輕笑。

我不住地笑，「是啊，我的利息有點高哦，你得多多付出才行啊。」

「你隨時要，我隨時給你就是。」她說。

「我不會那麼殘忍的。」我笑著說。

她輕輕打了我一下，「哥……」

「哈哈！好，我不說了。來，我們喝酒。」我大笑。

「哥，你看我現在就直接叫你哥呢，你也別叫我余敏了。」她說道。

我笑著問她：「那該叫你什麼？」

她的臉頓時紅了，「剛才在廚房的時候，你叫我什麼？我喜歡你那樣叫我。」

我說：「好，今後我就那樣叫你。其實那是一種情不自禁。」

「那時候你叫出來的才是你心裏最想叫的呢。」她說。

隨後，我把自己明天準備回老家的事情告訴了她。

「哥，我想和你一起去。」她說。

「你有時間嗎？你公司的事情怎麼辦？」我問道。

「我公司沒什麼事情，最近我的任務是學習，公司能夠維持現狀就可以了。」她說。

我想了想，點頭道：「這樣吧，你想去也行，正好可以替我開一段車，我一個人開車太累了。不過，我這次是回老家，我不想讓我的父母發現我們的關係，所以去了後，我直接把你安排到酒店去住下，有空的時候，我才能來陪你。」

「嗯，我就是想去看看你的家鄉。不管怎麼說，你也是我的男人呢，我應該去看看的是吧？這樣才讓我有一種完全瞭解你的感覺。」她說。

我心裏頓時一緊，「小敏，你這話是什麼意思？」

她笑著說：「哥，你別緊張，我沒有什麼意思。我是女人，心裏就是這樣想的。我並沒有要求你娶我，你放心好了。」

我狐疑地看著她，她低頭在吃菜，嘴裏同時在說道：「哥，我自己是什麼樣的人，難道我自己不知道嗎？我知道自己配不上你。你對我這麼好，我無以為報，我只想儘量地報答你。可惜我的身體不行了，不然的話，我還真的想給你生個孩子呢。不，不是我想給你生孩子，是我想你給我一個孩子了。」

我不禁歎息，「小敏，或者什麼時候我再給你檢查一下吧。」

「試管嬰兒不可以嗎？」她說。

「我們不可以的。你最好還是去找一個男朋友，結婚後，去做試管嬰兒吧。我們科室以前的主任在那裏負責，到時候，我給她講講。」我說。

她搖頭，「我現在還能夠相信哪個男人呢？」

「我也不可靠的，因為我什麼都不能給你。」我說。

「你給我的已經夠多了，除了你，不可能還有哪個男人像你這麼好了，我心裏清楚得很。」她說。

我搖頭說：「小敏，我不可以的。現在我們這種關係其實很不應該。而且，我們只能偷偷摸摸在一起。咱們別說生孩子的事情了，這很不現實。」

「明天什麼時候出發？」她忽然問我道。

「你真的決定了要去嗎？」我問道，其實是我開始猶豫了。
「你想讓我去嗎？」她卻反問我。
我怔了一下，因為我沒想到她會這樣問。
想了想後，我才說道：「小敏，這次算了，下次吧。明天我把錢匯到你卡上，你先去買車，我半個月就回來了。」
「不，我要和你一起去，除非你不讓我去。」她說。
我詫異地看著她，「為什麼？你那麼想去我家鄉啊？」
她低聲地嘀咕道：「前面我不是說過了嗎？」
我覺得沒必要在這樣的小事上糾纏，「好吧，那我們明天上午早點出發。車的事情，回來後再說吧。對了，明天還有一個人要和我們一起去，一個漂亮女孩子。呵呵！你別想歪了，她是我一個朋友的侄女，準備去我家鄉那裏上班。」
她看著我，淡淡地笑，「你的事情我才不會管呢，話又說回來了，我有資格管你嗎？」
「提醒總可以吧？我們是朋友啊。」我笑著說。
「有些事情可以提醒你，這樣的事情，我沒資格管。我清楚自己在你心裏是一種什麼位置。」她說，神情黯然。

「什麼位置？你覺得你在我心裏是什麼位置？」我問道，忽然對她的神情黯然感到了一種壓力感。

「馮大哥，我們不說這個了吧？有一點我是清楚的，你不會娶我。你太瞭解我的過去了，像我這樣的女人，你可以喜歡我，和我上床，甚至可以把我當成你的情人，但你絕不會娶我。不說了，馮大哥，我很感激你對我的幫助，我也不會奢望很多，現在，我最大的願望是能夠多掙錢，然後，自己好好養活自己，輕輕鬆鬆地度過自己這一生。愛情這東西對我來講，太奢侈了，我早已不再相信這個世界還有愛情了。」她低聲地說。

我頓時後悔了，因為我發現，自己一直以來對她很殘酷，特別是在感情上面。不過，我發現自己也和她有著同感，「小敏，其實我也不再相信什麼愛情了，我覺得那東西就好像童話一樣。」

她頓時笑了起來，「我們今天這是怎麼啦？怎麼忽然談到愛情這種虛無縹緲的東西了？愛情……說起這個詞，我怎麼覺得背上起雞皮疙瘩呢？」

我也大笑，「是啊，這個詞太酸了。」

「哥，我們喝點白酒吧，紅酒不帶勁，現在我忽然想醉了。」她說。

其實，我也有了和她同樣的感覺，「好，我們喝白酒！」

可是，她很快就醉了。兩個人連半瓶五糧液都沒喝完，她就醉了，直接趴倒在了餐桌上面。

我不禁苦笑，隨即將她抱到了床上，給她蓋上被子，隨即準備離開。

我今天必須回家，必須回去把家裏的事情安排一下。

可是，當我準備離開的時候，卻聽到她在說話，含混不清的聲音，「我，我不想活了……嗚嗚！我覺得活著好累啊。」

我大吃一驚，急忙去看她，發現她的眼角有眼淚，不過，雙眼卻是閉著的。

我知道她是真的醉了，而且，她剛才說出的話，應該是她內心最真實的想法。

我心裏頓時一陣酸痛，不禁歎息。

她其實真的很可憐，而她現在這樣對我，又何嘗不是一種累呢？我心裏似乎明白了。

當然，我相信她不會出什麼大問題的，因為我畢竟已經給了她新的希望，而且，她已經度過了她最困難的時期。

我還知道，一個人在酒醉之後，最容易想到自己最悲傷的事情。

我心裏頓時湧起了一股憐惜之情，隨即去坐到她身旁，輕輕握住她的手，「小敏，別想那麼多了。以前的一切都過去了，今後，你的生活會慢慢好起來的。你千萬不要喪失信心。你要相信，在你最困難的時候，一定會有人幫助你的。好好睡吧，我回去了。明天一早我們得出發，我回去準備一下東西。」

她沒有說話，不過，枕頭上已經濕了一片。

回到家裏後，我跟保姆說了我要帶孩子回老家的事情，還吩咐她，一定要照顧好陳圓。

保姆問我：「林老闆知道嗎？」

我心裏頓時不悅，「這是我家裏的事情，我回家，難道還要給他請示不成？」

她頓時惶恐了。

我覺得自己有些反應過度了，隨即對她說道：「他知道的，最近施阿姨會經常過來照顧陳圓的。不過，我還是希望你細心一些，特別是出去買東西，時間一定不要太久。就半個月的時間，辛苦你了。」

她很不好意思的樣子，「姑爺，剛才我也只是隨便問問。」

我笑道：「我知道，你其實也是好心，主要是我回家確實有急事。還有就是，孩子在這裏可能會照顧不周，我想帶回去，讓他爺爺奶奶看著，也想就把他放到老家算了。這樣對陳圓也好，大家就可以把主要精力放在陳圓的身上了。」

「這孩子真可憐，這麼小就離開父母了。唉！你們城裏的人，也很難啊。」保姆搖頭歎息。

這是個令人鬱悶和傷感的話題，我不想再說下去了，隨即去到臥室收拾東西。

進入到臥室後，我第一眼就看向了陳圓的病床。

我朝她走去。

她依然如故。

我站在她床前默默地看著她，心裏不住歎息。現在，我都不知道該對她說些什麼了，不過，我感覺自己內心的悲苦情緒正在湧起，於是急忙地離開了她。

收拾好東西後，我去到了阿珠曾經睡過的房間裏面。不是我想起了阿珠，而是我不願意再住到自己的臥室裏面去了。

晚上是休息的時間，我不想一直這樣將自己籠罩在悲苦的心情裏面。

不知道是怎麼的，我今天竟然失眠了。腦子裏面思緒紛呈，一會兒是陳圓沉睡的樣子，一會兒又是自己對回家路上的想像，在後來，竟然變成了自己對家鄉那個小縣城所有的回憶。

隨後，我在腦海裏構思著家鄉小縣城舊城改造後的漂亮效果，就這樣越來越興奮，越來越輾轉反側。

我很少遇到這樣的情況。但今天不知道是怎麼了，就是睡不著。於是，我開始在心裏數數。可是，數著數著，我腦子裏又出現了前面的那些畫面。

我憤怒了，乾脆起床。

外面在下雨，淅淅瀝瀝地敲打著窗戶，我頓時感覺到屋子裏有了一種潮濕的氣息。這是一場春雨。

我去到臥室，打開了燈。

起床後我才發現，自己唯有來到這裏，因為我忽然想和陳圓說幾句話。

我將梳粧檯處的那張椅子拖過來，放到了陳圓的病床旁邊。這張椅子陳圓以前經常坐，她以前經常坐在梳粧檯前梳頭什麼的。

我坐下，然後看著眼前的她。

「陳圓，明天我帶孩子回他爺爺奶奶家裏去了，你現在這樣子我沒辦法啊。孩子還小，需要有人專門帶他才行。先把他送回去，等他稍微長大了些，再讓他回家來，那時候，他就真正可以叫你媽媽了。不過，我們先講好條件，等孩子真正會叫媽媽之後，你可要醒來。

「陳圓，我知道你聽得見的，可是你為什麼就不願意早點醒來呢？夏天馬上就要來了，天氣會慢慢變得炎熱起來，雖然家裏有空調，但是你一樣會很容易生褥瘡的啊。你還記得你以前生褥瘡時候的樣子嗎？那會很醜、很臭的。你好好想想吧，早點醒來吧……」

就這樣，我一直對她念叨著，慢慢地，就覺得自己的眼皮越來越沉重。

猛然地，我看見眼前的她忽然睜開了眼來，而且她還在慢慢地起床。

我大喜，急忙去將她扶了起來，「陳圓，你終於醒啦？太好了。你等等，我去把兒子抱來讓你看看。」

她說：「兒子？誰的兒子？」

我說：「我們的兒子啊！你生下他後，就沉睡不醒了。現在孩子長大了，很可愛的。」

「你快去抱來我看看。」她驚喜地道。

我急忙去把孩子抱到了她面前，她滿臉驚喜地看著孩子，「怎麼這麼大了？他真的是我們的孩子嗎？」

我喜極而泣，「是啊。你看他，多像你啊。這小子，今後不知道要迷住多少女孩子呢。」

她的雙眼離開了孩子，目光到達了我的臉上，「哥，你希望我們的孩子和你一樣嗎？你告訴我，最近你又和多少個女孩子上床了？」

我頓時尷尬起來，「我……」

她在流淚，「哥，與其這樣，我還不如繼續這樣沉睡下去呢。還是眼不見心不煩的好，免得我看見你那樣子，還要獨自一個人在家裏傷心。」

「圓圓，別……我，我再也不那樣了。」我慌忙地道。

「我還是睡去吧，這樣你的日子也過得好些。你去找那些女人睡覺，也就有理由了。」她說，隨即緩緩地倒在了床上，雙眼慢慢地閉合。

我大驚，「圓圓，你別……」

可是，她的雙眼已經閉上了。

我急忙去搖晃她的身體，可是，她竟然再也沒有了任何的反應。

我大聲地呼喊著她，同時禁不住地大聲痛哭。

猛然地，我聽見一個聲音在我身後響起，「姑爺，你怎麼了？怎麼在這裏睡著了？做噩夢了？」

我霍然驚醒……隨即明白了：原來剛才的這一切，竟然是一個夢。

我心裏悲苦萬分，這個夢讓我心情變得極壞起來。

我朝身後的保姆擺了擺手，隨即去到床上躺下。剛才夢中的那一切，依然歷歷在目。

第三章

心理上的傷害

吳亞如不避諱地當面說董潔的缺點，
要知道，她這樣的做法，很傷人的自尊。
一般來講，受傷害的人，內心會產生一種怨恨。
從心理學的角度來講，這是必然的。
不過，很多人往往被內心的自卑給掩蓋住了。
但是，一旦遇到某個事情，很可能爆發出來，
甚至會產生極其可怕的後果。

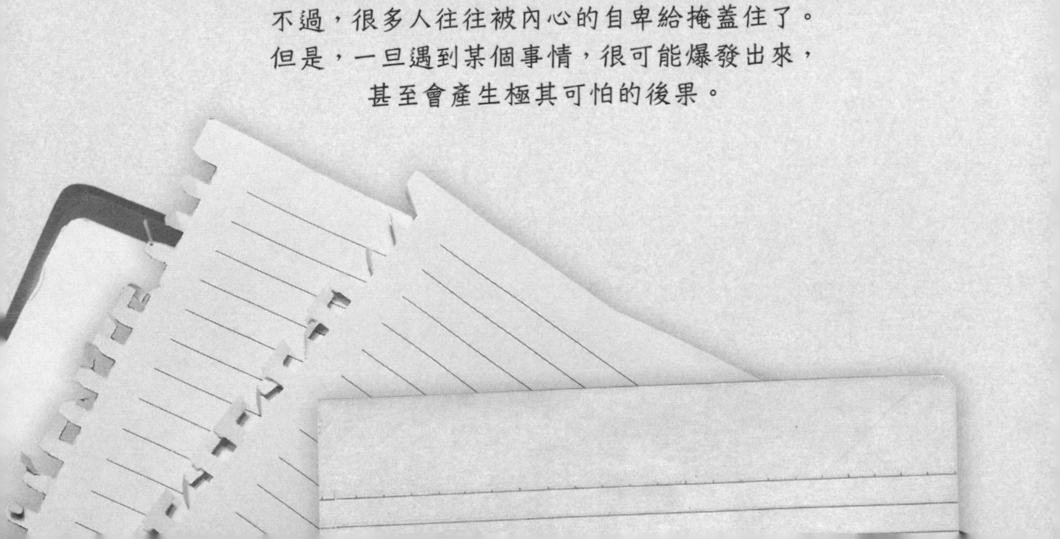

第二天，我照例一大早就醒來了。生理時鐘的作用就在於此。不過，我覺得有些疲倦，昨天晚上的折騰讓我精疲力竭，幸好天亮前入睡了一會兒。

吃完了飯後，我給吳亞如打了個電話，「董潔出來了嗎？」

「早出來了啊。怎麼？你沒有見到她？」她驚訝地問，聲音裏面有一種驚慌。

我急忙地道：「那她可能在樓下。你別急啊，我讓家裏的保姆下去看看。」

我即刻掛斷了電話，「阿姨，你下樓去看看，有一個叫董潔的女孩子在樓下，你去請她上來吃早餐。」

保姆即刻下樓去了，我去給孩子泡牛奶。

其實，我自己可以下去看董潔是不是已經到了，但我想到她即將成為我公司的員工，自己跑上跑下的，與我的身分不大適合。

我這個人有時候很注重這一點，因為我明白人們的心理：對自己的員工太嬌慣了並不好。

其實，那些當領導的人也是一樣，他們故意在部下面前做出高高在上的樣子，其目的也是為了拉開距離。有了距離就有了威嚴。

比如章院長，我們都已經有著如此緊密的關係了，他卻依然在我面前端架子，完全一副公事公辦的派頭。這反倒讓我在他面前不得不產生敬畏的情緒了。

即便唐院長，又何嘗不是這樣？

不多久，保姆就回來了，就她一個人。

她對我說：「那個女孩子在樓下，她說她已經吃過飯了。」

我暗自詫異：想不到這女孩子竟然如此懂得分寸。我心裏頓時暗喜：看來，她倒不是一個花瓶，說不定好好培養一下，還會成為一位優秀的人才呢。

我即刻讓保姆送我下樓。

我帶有一個大皮箱，裏面都是孩子的東西。

離開的時候，我還是猶豫了一下，終於進到臥室裏去給陳圓道了一聲別。

昨天晚上的那個夢，讓我到現在都還有著一種心理上的障礙。

到了樓下，我果然看見了董潔，她就站在那裏。早上的氣溫還有些低，她孤單的身影讓我心裏頓時升起一種憐惜來。

「幹嗎不上樓來啊？下面多冷。」我笑著招呼她道。

「沒事。」她靦腆地笑，隨即朝我跑過來，準備接過我手上的皮箱。

我急忙地道：「這東西太重了，你去抱孩子吧。」

孩子去到了她的懷裏，忽然大哭了起來。

董潔頓時慌亂起來，「馮醫生，我……這孩子……」

我急忙去接過孩子，逗了他一會兒，孩子不哭了。

我對孩子說：「夢圓乖啊，去姐姐那裏好嗎？」

孩子「咯咯」地笑，聲音很好聽。

「馮醫生，給我吧。」董潔不再尷尬了，她從我手上把孩子接了過去。

我對她說：「關鍵是你要把他抱得舒服一點。這小傢伙，他覺得不舒服就會哭的。」

董潔即刻把孩子輕輕抱在了懷裏，然後，朝著孩子笑，「真可愛。」

還好的是，孩子這下沒有哭。

我即刻將皮箱放到後車廂，還有董潔的那個包。我們隨即出了社區。

在路上的時候，我給余敏打了個電話，她說她早已經準備好了。

很快我們就到了別墅那裏，余敏已經在外邊等候了。

她第一眼就看到了董潔懷裏的孩子，「馮大哥，你的孩子？」

我點頭，「是啊。」

她急忙去打開了後座的門，「這孩子，真可愛。」隨即又發出了一聲驚呼，

「啊……」

「怎麼啦？」我急忙轉身去看，頓時也大吃一驚，隨即禁不住大笑了起來。

原來，我看見董潔的外衣竟然是敞開的，而且，她外衣的裏面也是一件帶有扣子的毛衣，都被孩子給解開了，孩子的小手已經伸到董潔的胸部去了。

董潔滿臉緋紅，不知所措。

我大笑過後，頓時覺得自己有些失態了，急忙去對董潔說道：「小董，這孩子還小，你別介意啊。你也真是的，怎麼這麼將就他啊？」

董潔的臉更紅了，「我怕他哭。」

我心裏頓時對她有了一種感激，「謝謝你。」

這時候，余敏卻忽然笑了起來，「馮大哥，你這孩子，有你的遺傳。」

我頓時尷尬起來，同時心裏對她有些不滿了，我覺得她現在已經有了很大的變化，竟然敢在我面前開這樣的玩笑了。

所以，我沒有接她的話，「東西放好，我們馬上出發。」

余敏的臉紅了，靜靜坐到董潔的旁邊不再說話了。

我頓時意識到自己內心的真實想法了：其實，我並不希望她和我那麼隨便。也就是說，在我的內心裏，和余敏還是很有距離的，同時，我也在防範她。

我沒想到出發前竟然鬧了這麼一個小插曲。當然，我不會理睬余敏的說法，孩子還這麼小，他不可能有那麼淫邪的思想，只不過，他這是一種孩子尋找母親的天性罷了。

要知道，孩子自從生下來那天起，就沒有吃過一口母奶。

想到這裏，我心裏不禁黯然。

出了城，才真正感覺到自己進到了春天裏的江南，心頓時變得輕盈了。孩子在後面發出「咯咯」的笑聲，這是余敏和董潔在逗他。開車經過一座拱橋，頓時感覺自己被綠意包圍了——斑駁的門窗，鏤空的雕花，古韻的楹聯，彰顯著主人的尊嚴與雅致。

我沉醉了，想不到我們江南的春色竟然會有如此的美。現在我才發現，原來一直生活在城市裏的自己，竟然如同井底之蛙般的可笑。

孩子在歡快地笑，雖然他還不會說話，但是，他也感覺到了空氣的清新。孩子被關在家裏的時間太久了，這是他第一次來到這樣自然的世界中。

我不禁有些內疚。

忽然聽到了余敏的驚歎聲，「外面好美啊！馮大哥，在前面的油菜地旁邊停一下好嗎？我們下來照張相。」

江南的春天正是油菜花盛開的時節，而且成片狀，煞是壯觀。它們像金色的綢緞從山的這邊一直鋪到山的那邊，中間夾雜幾座隆起的山丘。

那些漫山遍野盛開的油菜花是那樣的樸實，那樣的火熱，那樣的深情，那樣的驚心動魄。它們組成了一幅幅美麗清新的田園詩畫，飄來了沁人心脾的馥鬱芬芳。

現在，我們已經越過了山丘，前面是一大片一望無垠的燦黃色。

余敏手指的地方，就是那一片燦黃色的中間。

將車停下，我轉身問余敏：「你帶了相機？」

「帶了。要去你家鄉，我當然得帶相機啦。我知道，現在越是落後偏遠的地方，風景就越美，因為它們遭到人為的破壞很小。」她笑著說。

我也笑，「有道理。其實，風景優美就是貧窮落後的代名詞。」

董潔頓時也笑了，她抱著孩子下了車。

余敏朝她大叫道：「小董，把孩子給我吧，我抱著孩子照相。這孩子好乖，我喜歡。」

金黃的油菜花，伴著溫暖醉人的陽光，一朵朵，一簇簇，一片片在春風裏昂首怒放。金色的花海旁，余敏抱著我的孩子，臉上是燦爛的笑容，而孩子則莫名其妙地看著我們。

就在這一瞬間，董潔摁下了快門。

我顯然被這裏的一切感染了。她們，孩子，還有周圍的這一片金黃。

「馮大哥，你快來，我們一起和孩子合張影。」余敏歡笑著對我說。

我怔了一下，她燦爛的笑容，讓我無法拒絕。

我走了過去，「孩子給我。」

隨即，我抱著孩子，余敏緊緊靠在我身旁，「咔嚓」一聲後，我們三個人被裝進到了相機裏。

「給我和孩子照一張。」我隨即說道，即刻變換了一個站立的方向。

我抱著孩子，孩子在朝我笑，我禁不住去親吻了一下孩子的臉，孩子發出「咯咯」的笑聲。「咔嚓」，我和孩子也被董潔裝進了相機裏。

「余敏，你和董潔單獨照幾張吧。」我隨即對她們說道。

「好，馮大哥，你和小董也合張影吧。」余敏說。

董潔局促地看著我，我笑道：「小董，來，我們一起照一張。」

剛才我抱著孩子和余敏合了一張影，其實，我心裏還有些擔心。現在余敏這樣提議後，我心裏頓時放鬆了起來，因為這更能顯示出我和她合影僅僅是湊趣罷了。

董潔過來了，我懷裏的孩子竟然朝她歡笑著伸出了手去。

董潔急忙來接孩子。

「咔嚓」——余敏及時地抓住了這個鏡頭。

通過這片花海，花費了近一個小時的時間。

我看得出來，她們都累了。

「馮大哥，今天我太高興了。」余敏對我說。

「是啊，這裏太漂亮了，我心情也很好。今後，大家要經常出來走走才是。」我說，隨即發現董潔沒有說話，想她是拘謹了，於是笑著問她道：「小董，高興一點，隨便一點啊。出來了就應該盡情讓自己高興，上班後再踏踏實實地工作吧。」

「馮大哥，小董去什麼地方上班啊？」余敏問我道。

「我朋友有個專案在我家鄉，我準備讓小董先去那裏看看。她喜歡就留下來，不喜歡就再說。」我說道。

我沒有告訴她實情，因為我心裏依然對她有些防範。

「你那朋友給她開多少錢的工資？」余敏問我道。

「暫時先給五千一個月吧。年終的時候，看情況給獎金。」我回答。

「雖然今天才認識小董，我倒是覺得她很不錯的，可惜我給不起那麼高的工資，不然的話，讓她乾脆到我這裏來上班得了。」余敏歎息著說。

我頓時大笑起來，「余敏，有你的啊，竟然直接想搶人了啊？」

「真的，我覺得小董很不錯，看上去文文靜靜的，人也很漂亮，我公司就需要這樣的人呢。」余敏說。

「姐姐是做什麼的？」董潔忽然問道。

「醫療器械和藥品，馮大哥一直在幫我的。小董，你乾脆到我這裏來吧，雖然我現在給不了你那麼高的工資，但是今後，我肯定會給得更高。你說是嗎，馮大哥？」余敏笑著來問我。

「這件事情還是看小董個人的意見。不過我覺得，她最好還是先到一個地方工作一段時間，等有了一定的經驗後，再去你那裏比較合適。一是收入上要划算些，二是如果今後小董願意到你那裏來的話，那時你給出的待遇，可能會比現在高。而且那時，你也得到了一個已經培訓過的人才了。這對你們雙方來講，都是一個不錯的選擇。呵呵！我只是建議啊，小董，這件事情你自己拿主意。我這個人從來都這樣，完全尊重每個人自己的選擇，絕不會因此對你有什麼想法的，你放心好啦。」我笑著說道。

「我聽馮醫生的。」董潔說。

說實話，她的這個表態，我很高興。雖然我剛才那樣講，但在我的內心裏，並不喜歡那種見異思遷的求職者。

前方又是一片油菜花海，不過比剛才那地方小多了。

余敏沒有讓我停下來，不過，我還是放慢了速度。她們都沒有了剛才那種興奮的狀態，我也沒有了。由此我想：也許，這就叫審美疲勞。

確實是這樣。後來，一路上看到的都是油菜花，天空中依然飄著漂亮的朵朵白雲，但是，這些已經不足以刺激我們的興奮點了。

我偶爾還欣賞一下車窗外面的景色，而後座上的余敏卻已經昏昏欲睡了。董潔倒是在看著窗外，我估計她是因為抱著孩子的緣故。

「孩子睡了嗎？」我問。

「睡了。」董潔回答。

「你累不累？」我又問。

「不累。」她說。

「小董，你現在是不是覺得心裏有些惶恐？沒事的，任何一個人在開始面對新工作的時候，都會出現這樣的心理狀態。」我隨即說道。

這完全是我的猜測，因為我想到她的年齡還小，而且，又是馬上要到一個陌生的地方去上班。

「我不惶恐啊。馮醫生，我很感謝你給了我這麼好一個機會。我一個高中生，能夠有一份這麼高工資的工作，已經非常滿意了。而且，總比以前那樣好。」她說，說到最後一句話的時候，聲音忽然降低了許多。

我有些詫異，「小董，吳教授不是說你喜歡畫畫嗎？」

「我不學還有什麼辦法呢？她在我身上花了那麼多的錢，結果全部被我虧了出去，我根本就沒有選擇。也真是怪我太笨了，怎麼連大學都考不上呢？現在後悔已經來不及了。」她說。

我能夠理解她的心情，於是安慰她道：「小董啊，你別這樣想。其實上大學只是一個途徑罷了，每個人都有自己的長處，關鍵的是你能不能把自己的長處表現出來。現在確實是這樣，任何單位用人都是要看文憑的，因為這起碼也是衡量一個人能力的標準吧。不過，你現在不一樣了，應該說是你運氣比較好。呵呵！小董，我這人說話比較直，你不要介意啊。」

「你是好人，我知道的。我小姨都說了，她說你這人與眾不同，一看就是那種心腸好的人。她還說，你肯定賄賂了那位保安，但你卻替那位保安隱瞞，這就說明你人很好，有擔當。馮醫生，你可能不知道，我小姨也是因為這樣，才對你那麼客氣呢。」她說。

我很奇怪，「你小姨怎麼知道我在替保安隱瞞？」

「這很簡單的，我們都知道那個保安不可能在上課時間上廁所，這是有明文規定的。如果真的遇到拉肚子什麼的，也必須馬上打電話讓別人來頂替。美院的人體素描課是不允許外面的人來看的。」她說。

我忽然想起一個問題。其實這個問題一直在我的腦海裏，但卻不好去問她。可是現在，我再也不能忍住自己的好奇了，「小董，雖然我是醫生，但我還是不能理解你們搞美術的人。你以前做那樣的工作，難道心裏就沒有一點心理障礙嗎？」

她不說話。

我頓時明白了，「對不起，我不該問你這個問題。」

「其實，我都哭過很多次了。只不過我沒有讓小姨知道。」她低聲說了一句。

我不禁歎息，「你小姨也是的，怎麼讓你去做那個工作嘛。」

「她對我很好。她是搞美術的，想法和你們不一樣。」她卻這樣說道，「不過，我不是搞美術的，我內心裏不喜歡做那樣的事情。不管怎麼說，我是女孩子，而且還沒結婚。」

這就對了，哪有甘心去做那樣工作的女孩子啊？我心裏想道，隨即對她說：「小董，你不應該責怪你小姨的。其實，我估計她也知道你不喜歡那樣的工作，所以，這次才馬上就同意你跟我一起走了啊。你說是不是？她能夠站在你的角度上去考慮這個問題，這就很不容易了。小董，不知道，我說的意思你明不明白？總之一句話，你應該感謝你小姨才是。」

我說這番話是有目的的，因為昨天我就發現了一個問題：吳亞如根本就不避諱當面說董潔的缺點，這其實是對她的一種從內心裏的看不起。要知道，她這樣的做法，是很傷一個人的自尊的。一般來講，受傷害的人，內心會產生一種怨恨。

從心理學的角度來講，這是肯定的，也是必然的。不過，很多人往往被內心的自卑給掩蓋住了。但是，一旦今後遇到某個事情的話，就很可能即刻爆發出來，甚至會產生極其可怕的後果。

所以，心理上的傷害，往往比肉體上的傷害對一個人的影響大得多。

她又不說話了。

我頓時明白自己剛才的猜測是對的，於是又道：「小董，我希望你今後永遠記住我接下來要告訴你的這句話：一個人，不要害怕別人看不起你，但是，你一定要自己看得起你自己。因為只有這樣，你才會去努力，才會去通過自己的努力取得成績，然後，用自己的成績去贏得別人的認同和尊重。」

她還是沒有說話，我也不再說了，因為我知道，她需要時間去思考。其實，很多人都是這樣，內心裏的那個結一旦被解開，即刻就能豁然開朗了，問題的關鍵是，誰去替他們解開那個結。

下午三點過，我們就到了我的家鄉，我即刻給孫露露打了個電話，我告訴她，我已經馬上要到了，並讓她去訂房間。

「你不回家去住？」她問我道。

「我同行的還有其他的人。我自己要回家住的。」我回答說。

「我馬上安排人去辦。」她說道，「這樣吧，我到進縣城的路口來接你。」

我沒有反對。

不管怎麼說，她是我聘請的人，有時候在她面前保持一種架子也是很必要的。而她曾經是我的女人，這就更加重要了，因為我們那樣的關係，會容易讓她在我面前變得太隨便，而這種隨便很可能會帶來不良的後果，這是我必須極力避免的。

我家鄉的這座小縣城是臨江而建，所以，進入縣城的時候，我要經過一座大橋。我對這座橋太熟悉了，因為我所就讀過的那所中學就在江的對面，每天我都要經過這裏去上學。

忽然想起在這座橋上行走的那每一天，前面不遠處是趙夢蕾。她身穿咖啡色的褲子，淡綠色的上衣，一條馬尾辮在她頭的後面擺動，我的眼裏可以看見的，僅僅是她白皙的頸部，漂亮的手，還有她那雙小巧的耳朵。

而現在，她卻已經去到了另外一個世界……

我頓時有了一種恍然隔世的感覺，心裏不禁唏噓不已。

孫露露在橋的那一頭等候我。她站在一輛白色的寶馬旁。她的身材很高挑，看上去亭亭玉立的樣子。

我頓時笑了，心裏想道：如果她這時候穿上晚禮服的話，還真的很像一位汽車模特兒。

不過，她今天穿的卻是一套職業裝，藏青色的西服。依然是很有那種制服誘惑的感覺，也引得周圍過往的人不住地朝她側目。

我發現，她在我家鄉的這個小縣城裏，更能夠顯示出她氣質的高雅。因為我的家鄉是一個貧困縣，在這裏，人們大多都只是在為衣食而奔波，很少有誰會去刻意打扮自己。而氣質上的東西就更不要說了，何況她的身旁還有一輛白色的寶馬轎車。

我吩咐余敏停車。

孫露露不認識余敏，她跑到了我車旁來，笑著問我：「才請的駕駛員？」

「呵呵！她叫余敏，一家醫療器械公司的老總。我朋友。」我心情很好，即刻笑著介紹道，隨即又把董潔介紹給了她，「她叫董潔，我朋友的侄女。對了，我那朋友和我岳父關係不錯。我安排小董來給你當助理，你好好帶帶她。董潔，這是孫總，今後你就跟著她吧。當然，要你願意在這裏工作才行。」

我這樣說有兩個目的，一是不希望讓孫露露覺得，我是為了在她身旁安插一個釘子。俗話說，疑人不用，用人不疑，很多麻煩事情都是在懷疑中造成的。

此外，我是為了再次提醒董潔：我絲毫沒有勉強她的意思。

孫露露隨即朝董潔笑了笑，嘴裏在說道：「歡迎。」不過，我看得清清楚楚，在她笑之前，她的臉上出現了一絲的寒霜。

她還是誤會了。

我在心裏苦笑。

不過，我不著急，因為我這次來，本身就安排了要和她詳談的。

「露露，麻煩你把余敏帶到賓館去，然後，安排一下小董的工作。晚上她們吃飯的事情你也安排一下。我先回家，今天晚上，我得在家裏陪陪我父母吃飯。明天上午我到公司來，我想和你談一些具體的事情。」我隨即吩咐道。

余敏問我：「孩子怎麼辦？你要開車啊。」

我笑著說：「沒事，我家距離這裏很近。我一隻手就可以開回去了。」

「這樣吧，我們一起先去你家，然後，我再安排她們倆。」孫露露說。

我搖頭，隨即笑道：「不行，如果我父母看到我忽然帶了三個漂亮小姐回家的話，說不定心臟病都會嚇出來的。哈哈！」

她們都笑了，孫露露也沒有再堅持。

第四章

傾訴

「我的前妻，她的骨灰埋在這裏。」
她挽住我的胳膊，「告訴我她的故事好嗎？」
「我們去江邊坐坐，我告訴你關於她的一切。」我說道。
其實她不知道，現在的我，很需要傾訴。

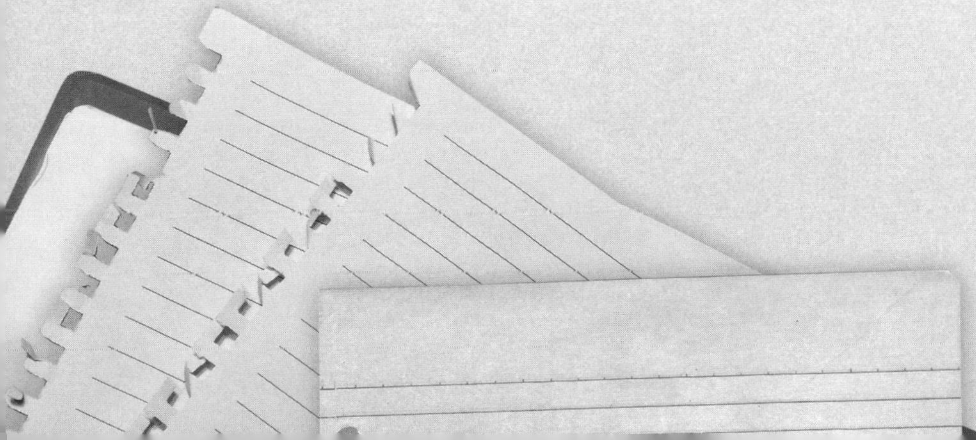

母親從我手上接過孩子，激動得嘴巴都合不攏了。

父親詫異地問我道：「你就這樣把車開回來了？一手抱孩子，一手開車？」

我頓時笑了起來，「我哪裏有這麼大的本事？還有朋友一起來的。」

父親去看我車上，「人呢？」

我不好告訴他實情，「人家回家了啊，本身就是這裏的人。」

父親這才不問了。

母親抱著孩子不住地親，「我的乖乖，你終於長大了……」

父親也去看孩子，「不錯，和其他孩子一樣大了。」

周圍的鄰居都來看，他們主要是看我開的車，然後才去看我的孩子。

有人在問我父親：「這是你兒子馮笑啊？差點認不出來了，都買車了，你兒子真能幹。」

於是，我朝他們笑。父親也笑。我看得出來，父親很自豪。

我家住的是父親單位分的房子，兩室一廳。我在這地方度過了自己的整個童年，還有我的整個中學時代。即使是在現在，我偶爾還會在夢中回到這個地方。我的夢，代表的其實是自己對曾經溫馨的回憶與留戀。

現在，當我坐在家裏熟悉的這張沙發時，才感覺到：自己的這個家太陳舊了。

母親在逗著孩子。

孩子似乎對自己的奶奶有著一種天生的親近感，他竟然在我母親的懷裏發出了歡快的笑聲。

孩子的聲音很好聽，有如天籟之音。也許僅僅是在我的耳朵裏，才能聽出這樣的感覺。

父親坐了下來，他給我泡了一杯茶。

我有些受寵若驚的感覺。

「這次回來，準備住多久？」父親問我道。

「看情況吧，也許半個月。」我回答說，忽然感覺自己有些拘謹，因為我發現，自己對這裏有了一種陌生的感覺。

「專門把孩子帶回來？陳圓的情況怎麼樣了？」父親又問。

「陳圓還是老樣子。」我黯然地道，隨即又說：「我確實想把孩子帶回來讓你們帶的。因為陳圓現在那樣子，會影響到孩子。馬上天氣要暖和起來了，我很擔心陳圓再出現褥瘡。如果她感染了的話，孩子也很可能會出問題。畢竟孩子還小，而且一直吃的是牛奶，抵抗力可能不是那麼的好。」

父親點頭說：「這樣也好，我們給你帶吧，等孩子長大了些後再說。」

「把孩子留下來吧，我的乖孫孫，我很喜歡他。」母親在旁邊說道。

我還是有些擔心，「爸，您什麼時候退休啊？孩子在家裏不會影響你們吧？」

父親頓時笑了，「你媽媽那單位，整天就沒有什麼事情幹，她上班的時候也可以帶孩子的，免得她老是在上班的時候打毛衣、聊天。」

母親也笑了，「就是啊，這下好了，我有事情做了。」

我頓時放心了，不過，心裏卻在想著另外一件事，「爸，上次您到我那裏來的時候，不是說您馬上要退休了嗎？具體在什麼時候？」

「就在最近吧。」父親說，神情忽然變得蕭索起來。

我知道他是心裏難受，因為他可能還沒有完全做好退休的思想準備。

我心裏暗暗覺得好笑，於是，繼續問道：「爸，您打算退休後幹什麼呢？」

他咧嘴笑道：「你不是把孩子抱回來了嗎？今後就給你帶孩子得了。」

「您習慣嗎？」我笑著問他道。

「慢慢習慣吧。這是自然規律。」他苦笑道，「別說我，就是我們縣的組織部長，他去年退的休，開始也不習慣，現在還不是和街上的那些老頭老太婆一起釣魚、打麻將？呵呵！我聽說，他剛剛退休的時候，天天在家裏發脾氣呢。他家裏的人開始也叫他去和其他退休的人一起玩的，可是，他卻總是拉不下面子。時間長了就好了。其實也是的，人嘛，當官又不是一輩子的事情，退下來了，還不是蔫老頭一個？還端那麼大的架子幹什麼？」

我知道，父親說的可能並不是他內心的話，他也是一種無奈和不得已罷了。我很瞭解自己的父親，如果真的讓他忽然閑下來了的話，他肯定是會出問題的，至少脾氣不會像現在這麼好了。

於是，我說道：「爸，我倒是有個打算。不知道您願不願意去做一份新的工作？」

父親即刻來問道：「什麼工作？」

他問得很迫不及待，而且似乎還很激動。我更是在心裏暗暗地覺得好笑了，正準備和他談那件事情，卻聽到自己的手機忽然響了起來。

電話竟然是康得茂打來的，「晚上我們一起吃頓飯吧，我和丁香請你這個大媒人吃頓飯。怎麼樣？有空嗎？」

「你們準備結婚了？」我給了父親一個歉意的眼神，隨即拿起手機，去到了家裏的陽台上面。

「還沒考慮到那一步呢，應該快了吧。」他說。

「得茂啊，你得抓緊時間啊。」我苦口婆心地道，「丁香那麼漂亮，但卻不那麼年輕了。難道，你要等她老了才和她結婚嗎？多可惜啊。一個西瓜，正甜的時候你不吃，非得變味了你才想到去品嘗，你這是浪費資源啊。」

他大笑，「你這傢伙，有你這麼比喻的嗎？那晚上你幫我勸勸她吧，我發現她好像比較聽你的話。」

我覺得他的話裏另有深意，也許是我自己多心了，不過，我覺得自己必須說清楚，「得茂，別胡說八道啊。你是她男朋友，她不聽你的聽誰的？又不是我要娶她。你這傢伙，真是的。」

「我還真不是和你開玩笑。馮笑，你不知道啊，直到現在，我已經向她表明了結婚的願望了，可是，她卻沒有任何的態度。你說我怎麼辦？」他說。

我腦子裏頓時浮現出他苦笑的模樣，隨即笑道：「得茂，你怎麼這麼傻啊？你向她表明態度就可以了？你這人，怎麼一點情調都沒有啊？你得向她求婚，求婚！明白嗎？去給她買一根白金項鏈，一枚結婚鑽戒，然後，單腿下跪向她求婚。用項鏈套住她的頸子，用鑽戒鎖住她的手，這樣，她才會答應成為你的人呢。」

「這樣有效果嗎？」他問道。

「絕對有效果。她是高校教師，講究的就是這種浪漫的情調。明白嗎？還有，她主要是想看看，你對她是不是真心的。她和你一樣，都有過失敗的婚姻，所以，在內心對新的婚姻有著一種本能的恐懼。如果你不向她表示出充分的誠意，她怎麼可能相信你？」我說。

「好主意！謝謝你啊，我馬上去辦。對了，晚上你可要準時到啊。」他大笑，很高興的狀態。

「我來不了啊，除非你派飛機來接我。」我「呵呵」地笑。

「你去什麼地方了？」他問。

「我回老家了。」我說。

「什麼時候回去的？怎麼不告訴我一聲？唉！還是你舒服，現在我想回老家都沒時間了，身不由己啊。」他在電話裏面歎息。

「你得了吧。」我大笑，「你別得了便宜賣乖，現在你可了不得呢。過幾年吧，到時候如果你主政一方了，還不是想去什麼地方都行？」

「但願吧。」他說，「對了，馮笑，上次你說過的事情，我已經給你辦好了。趙夢蕾捐款的事情，既然你回去了，那就抽時間去母校一趟，去看看那棵樹。」

我頓時想起那件事情來，不住地向他表示感謝，隨即又對他說道：「得茂，我會去的。不過，你千萬不要告訴母校的任何一位老師，我只想一個人去那裏看看夢蕾。捐給母校的款是趙夢蕾的，我只是替她辦了這件事情。」

「你呀……」他歎息。

「就這樣吧，我回來後，給你打電話。說實在的，最近我還真的想和你聊聊。」我說，隨即掛斷了電話。

我心裏在想：或許他能夠在唐院長的事情上幫上一點忙，他畢竟是從省委組織部出來的人啊。

對於唐院長的事情，我現在有些擔憂，因為我感覺到，林易和常育都重點在考慮章院長的事情。林易是為了今後的利益，而常育呢，一方面是為了幫我的忙，另一方面卻是為了去試探那位劉部長，同時也是為了獲取某些重要的資訊。

「我同學康得茂打來的。」隨即，我回到沙發上坐下，笑著對父親解釋說。

父親卻著急地問我道：「你剛才說的那件事，究竟是怎麼回事？快告訴我。」

我頓時笑了起來。

現在，我有些相信了：看來林易的分析是對的。

有一件事情我知道，那就是，說話的方式很重要。懂得說話技巧者，掌控事情。掌握說話技巧者，影響他人。懂得說話技巧者，能在山重水複中柳暗花明，也能在進退兩難時，左右逢源。

雖然我沒有那麼高的說話技巧，但是今天的談話，可是我早就思考過的。而且，在思考的過程中，我想到了一點，那就是，說話的時候，一定要考慮到對方的性格，這樣才可以很快說服別人。

父親說到底是一個不得志的人，而且心直口快。所以，我決定採用單刀直入的方式。於是，我直接地問道：「爸，縣城舊城改造的事情，您聽說了嗎？」

「知道。我要退休的人了，縣裏是不可能安排我去那裏的。你不知道，現在縣裏剛剛成立的『舊城改造辦公室』，可是一處熱門單位，在裏面工作的人，都是縣裏面領導的關係。」他點頭，隨即說道。

我笑了笑，繼續問他：「假如您有機會去搞舊城改造的專案，而且，還是去負責，您有興趣嗎？」

「你準備讓你那同學去給我打招呼？」父親詫異地看著我，隨即嚴肅地道：「我給你講啊，我這個人清正廉潔了一輩子，可不希望你為了我去做這樣的事。」

我頓時知道他是把我剛才接電話的事給聯繫起來了，不過，我沒有馬上解釋，因為我還需要瞭解他的真實態度，「反正您馬上要退休了，而且，又是為了這個地方的建設。您這人清廉，做事情也很認真，難道，您願意讓那些貪官污吏去借這次舊城改造，大賺一筆不成？

「有些事情不應該去看過程，而應該看最終的結果。也許某個官員的職位來得不是那麼正當，但是，只要他為老百姓辦事就行。

「我們這縣城也太破舊了，已經與現代經濟的發展不和諧了，所以，舊城改造迫在眉睫。我已經聽說過了，這次的舊城改造，要求很高，據說整個規劃很有前瞻性。

「不過，我倒是很擔心，擔心具體實施的人完成不了縣裏面的這個規劃。舊城改造應該保持城市原有風貌，特別是要保留那些具有特色的東西，再結合現代化的設計風格，同時還要把兩者緊密、協調地結合起來。這裏面的難度可不小。爸，您說是嗎？」

這段話其實是我在闡明自己的觀點。

父親在點頭，「是這樣。不過，地方上太複雜了，我再清廉正直，可個人的力量始終是不可能和某些利益集團抗衡的。其實，我早就對他們的有些做法有意見了，不過，也早就心灰意冷了。現在也好，馬上要退休了，終於可以眼不見心不煩啦。也罷，今後我還是含飴弄孫、頤養天年的好，懶得去操那些閒心。」

我聽出來了，父親其實還是很想做事的，只不過，他太無奈了。

於是，我決定把一切都告訴他。

父親是一個想做事的人，這一點我很清楚。不過，我開始有些擔心他對舊城改造這件事情有意見。

要知道，舊城改造專案，在本地還是有些阻力的，因為人們習慣於保持原有的東西，而不願意隨意地去改變它。

古時候的人動不動就說什麼「祖宗舊制不能變更」，其實就是這個原因。這也凸顯出了改革開放初期的難度。

還有句話，叫做「破舊立新」。其實，立新相對比較容易，而破舊才是最難的。如果真的做到了破舊，立新也就順應而來了。

父親並不反對舊城改造的事，這就好辦了。我心裏頓時覺得少了許多的壓力。

於是，接下來，我問父親道：「爸，您清楚縣裏面舊城改造專案是怎麼操作的嗎？」

「據說是龍縣長到省裏招商引資來了一個大公司，然後，由這家公司按照縣裏面的規劃進行投資建設。我還聽說，省城裏面來的那家公司的董事長，是一個漂亮的女人，開的都是好車，公司也搞得富麗堂皇的。」父親回答道，隨即來問我：「你怎麼這麼關心這件事情？難道是你岳父在這裏投資不成？好像不是吧？我都問過了，這家公司根本就不是江南集團旗下的。」

我笑了笑，終於說出了真相，「爸，是我投資的。這家公司是我的。」

他頓時吃驚不已，睜大著眼睛看著我，「你的公司？你哪裏來那麼多錢？」

「最開始的時候，我和林易，呵呵，那時候他還不是我岳父。最開始的時候，我給他介紹了一個專案，您知道的，是常書記管的專案。於是，我就得到了第一筆錢，然後，我用那筆錢去投資了幾個專案，結果都賺錢了。這次家鄉舊城改造的專案需要大筆的資金，我可沒有那麼多。我計算了一下，至少得需要二十個億的投入。不過，一期項目要不了那麼多，也就是兩三個億罷了。於是，我找我岳父融了些資，其他的人也有不少的股份在裏面，包括我那同學康得茂，都在這個專案裏面入了股。因為我要上班，而且，裏面還有領導的股份，所以，我不方便出面做這件事情。您剛才說的那個女孩子叫孫露露，她是我請來的人，專門幫我打理這個公司。爸，情況就是這樣。」我慢慢地解釋道。

「後期的資金怎麼解決？」父親問我道。

我大喜，因為他這樣問我，就表示他已經相信了我的話，而且，對我所做的這件事情，並不指責。

於是，我回答道：「一期是政府要求的重點專案，或者說是形象工程。這些專案我們很快就會啟動，然後在安置、補償了拆遷戶之後，進行預售。這樣的話，資金很快就會回籠，而且，還有部分的利潤。隨後，我們會將一期專案用作抵押，向銀行貸款。這樣一來就可以馬上開始二期專案了。我們的初步打算就是這樣的。」

「你的意思是說，用我們這裏銀行的錢，去搞這個專案，再賺取這裏老百姓的錢？你這不是空手套白狼嗎？馮笑，你這樣可不行。咱們做人要講良心，絕不能去做那些坑害老百姓的事情。」父親嚴肅地道。

我不禁笑了起來，「這怎麼能叫作空手套白狼呢？要知道，一期的專案，我們可是要投下接近三個億的啊。在這個地方，誰願意來投這麼多錢？龍縣長專程到省城來招商引資，結果沒有任何一個公司願意到這裏來投資，我也是考慮到家鄉建設才答應了的。為了這個專案，我不惜去向岳父借錢，而且，還把朋友的錢都投在了這上面。要知道，我冒的風險可不小呢。此外，銀行的錢可是國家的，我是貸款，有抵押物的貸款，今後是要還本息的。爸，您不知道，現在這裏的幾家銀行，都在主動和我們聯繫呢。銀行靠什麼賺錢？還不是貸款嗎？說到底，是我們在給家鄉創造財富。您說是不是？」

「你這是掩耳盜鈴、胡說八道。到時候，誰來買你的那些房子？還不是老百姓？說到底，你們今後賺取的錢，是從老百姓那裏來的。這裏的老百姓本來就很窮，今後被你們這樣一掠奪，就更貧窮了。」他憤憤地道。

其實我也知道，關於舊城改造，房地產開發界始終有一個怪圈，那就是，究竟是為了開發商賺錢，還是讓老百姓遭殃；究竟是為了經濟發展，還是掠奪老百姓財富的問題。這裏面很複雜，解釋起來也很困難。

不過，我早已經想到了說辭。

「爸，這個問題要一分為二地看。我想，您不可能希望自己的家鄉永遠像現在貧窮落後吧？您看看我們現在的縣城，大多數是五六十年代的房屋，早就破爛不堪，特別是河邊的那些吊腳樓，不但破爛難看，而且，幾乎都是危房。

「所以，我覺得縣委、縣政府提出舊城改造的方案是正確的，也是勢在必行的。誰說舊城改造就是掠奪老百姓的財富了？今後，我們將按照老百姓現有的實際住房面積進行償還，他們要房子也行，要貨幣也可以。

「這項工作，縣政府已經拿出了方案，而且，也作了全面的調查。當然，這指的只是擁有私人房產的那部分老百姓。

「另外一方面，進行舊城改造後，將極大刺激這裏的經濟發展，城市面貌改變了，老百姓的居住環境也就改善了，還可以帶動更多的外來投資者到這裏來投資。從長遠來看，這對地方經濟的發展相當有好處。

「當然，我們這次拿出這麼多錢來投資，並不只是為了做好事，賺錢也是最終的目的。這一點我毫不諱言。但您說我們是為了掠奪老百姓的財產，我並不完全贊同。您想想，假如現在老百姓居住的房子有五十個平方，按照現有的價值計算，最多也就不到十萬塊錢吧？但是，當我們舊城改造完畢後，在我們償還了他們五十個平方面積的新房之後，他們的新房產會是價值多少呢？至少十幾萬以上吧？這還是一種非常保守的預測。所以，我覺得舊城改造，無論從哪個角度來講，對當地政府和老百姓都是有好處的……」我說了一大通，其中還用具體的資料去分析說明。

父親不再說什麼了，他在思考。

我心裏暗暗高興，因為我感覺到，他終於被我給忽悠過去了。

可是，一會兒過後，他卻忽然說道：「你別糊弄我，我知道這裏面的貓膩。今後誰也不會只需要幾十個平方的房子的。老百姓就是這樣，總希望住大房子，到時候，他們還不是要把錢拿出來，購買更多的面積啊？還有，那些低收入的家庭怎麼辦？他們一沒有私人的房屋，二沒有單位分房的保障，這些人怎麼辦？」

我不禁苦笑，「爸，您說得很對。不過，這些事情應該是政府的事情了。作為開發商來講，我們的目的就是為了賺錢。當然，也會在房價等方面充分考慮到老百姓的消費水準和實力的。

「此外，最多也就是在基礎設施上面，能夠儘量多做一些，讓當地老百姓享受到更多的實惠。爸，您總不希望我們把錢都虧到這地方吧？

「您想想，我們在這裏投資，稅收、支付給銀行的利息等，這些錢，還不是都留在了當地？有些事情，該我們做的，我們會儘量地多做，不該我們做的事情，我們是千萬不能去做的。商人把政府的職能代替了，那些領導也不一定會領情。

「前面我說了，今後我們要交很多稅給政府，還有土地的錢，這些錢，政府完全可以用於解決低收入家庭的問題吧？」

他歎息，「道理是這樣。不過，今後很多事情就不好說了。」

我說道：「爸，前面您也說了，個人的力量是很微弱的，甚至是微不足道的。舊城改造的事情，縣委、縣政府已經決定了，現在的問題是，我們如何把縣委、縣政府的規劃落到實處，讓我們家鄉這個小縣城變得更加美麗。這才是我把錢投到這裏來的目的。爸，實話告訴您吧，即使是我岳父借給了我錢，他也是要高額回報的。我和他可是簽了合同的。還有我朋友的那些錢，今後都是要給別人回報的啊。所以，我這裏的壓力和風險也很大。

「現在，小孫在這裏的工作開展得很不順利，一些部門的負責人很不配合，總想從中得到些什麼。當然，必要的費用是該花的，但是，讓我們去行賄什麼的，我是堅決不同意的，那樣的話，今後對誰都是一件危險的事情。

「所以，我希望您能夠幫我們一把，畢竟，您在這地方工作了這麼多年，在官員和老百姓的心裏也很有威信的。我相信，如果您能夠出馬，靈活處理一些事情的話，很多事情就會順利推進下去了。」

父親問我：「既然你們是龍縣長招商引資到這裏來的，你們幹嗎不去找他反映這些問題？」

我搖頭，「不能去反映，其中的道理，我想您應該明白。」

他點頭，「是啊，這件事情很麻煩。反映不行，袖手旁觀更不行。我們這地方的有些官員就是這樣，只顧眼前利益，總覺得自己手上有權，『有權不用，過期作廢』的想法很嚴重。那你說吧，準備讓我具體做什麼事情？」

「我想讓您出任公司的總經理。小孫還有一個專案要做，也是舊城改造，不過，那個專案就在省城的周圍。如果這樣的話，今後，她就可以分心二顧了。」我急切地說。

「我有多大的許可權？」父親問。

「您是總經理，公司又是我的，還不是您想做什麼都行？不過……呵呵！爸，我說出來，您不要生氣啊。」我說，忽然意識到父親的話好像另有深意，於是急忙地補充道。

「說吧，我想知道自己究竟有什麼許可權。」父親說，面無表情。

「總經理就是執行董事會決定的人。也就是說，今後公司的所有事務，都是在董事會決策的情況下，您負責去做具體的事情。」我把自己的理解說了出來。

「好像沒有多大的權啊？」父親頓時笑了起來。

我知道，他的這個笑，有奚落我的意思。

於是，我急忙地道：「我說了，裏面的錢並不都是我的。即使是小孫，她雖然是董事長，但是，她的每一筆大的開支，也都必須經過我同意才行。公司裏，我派駐了財務總監，目的就是為了控制資金的使用。爸，那麼多錢，我虧不起啊。」

「那你還當那個醫生幹啥？乾脆出來做生意得了。」父親說。

我不禁苦笑，「做生意是為了讓今後的生活過得更好，如果把它作為終身的職業的話，我是不願意的。當醫生挺好的，我喜歡。」

父親不說話，於是我又道：「爸，不管怎麼說，那是二十來個億的投資，您手上的權力還是很大的。今後，每一筆您簽出去的錢，至少都是成百上千萬，這樣的權力還小了？而且，您去當總經理的話，肯定是要給您工資的，每年先給您五十到一百萬，如果事情做得好，還有巨額的獎金呢。」

他頓時大笑了起來，「我會要我兒子發工資？」

我即刻正色地道：「爸，必須要給您工資的。您怎麼老是想不到這一點呢？我說了好幾遍了，那裏面的錢，並不是我一個人的，何況公司的管理必須正規化，給您工資，是完全應該的。還有，您平常的花銷也需要報賬。比如您坐的車，穿的衣服，請客吃飯送禮什麼的，這些都可以報賬。」

我們在說話的過程中，母親一直抱著孩子在旁邊聽，這時候，她忽然對父親說了一句：「老馮，孩子都說到這個程度了，你就幫他一下嘛。那麼多的錢拿回來投資，可不是開玩笑的。你還和他講什麼條件啊？還要多大的權，整個公司還不都是我們自己家裏的啊？你呀，真是的，越活越糊塗了。再怎麼的，也比你上班有意思吧？你說，你工作了一輩子，你掙到了五十、一百萬塊錢了嗎？你吃飯、穿衣，有誰給你報賬了嗎？還有專車！在我們縣裏，也就是只有局長以上的人才有那待遇。老馮，別為難孩子了，答應了吧。」

父親這才笑道：「想不到我臨近退休了，還當上了官，還有專車和高工資，吃飯什麼的也可以報賬了，哈哈！也算是腐敗分子中的一員了。好吧，我答應你。」

母親頓時高興了，但卻在提醒父親道：「老馮，今後你那固執的怪脾氣可得改改了，別讓兒子虧錢啊。」

父親大笑，「我是給兒子做事，你以為還會像以前那樣啊？有句話怎麼說的？處事如同釀酒，靈活才好勾兌；開店經營烹飪，死板怎進油鹽？開玩笑，我工作了一輩子，連這都不知道？以前是為國家工作，手上的東西都是國家的財產，黨紀國法管著的，搞不好就會犯罪坐牢；現在我給兒子打工，自己的錢，該請客就請客，該送別人東西就送別人東西，只要事情辦得成功就行。」

我頓時愕然，隨即也大笑了起來。

晚上的時候，父親的情緒很好，他讓我陪他喝了幾杯。

其實我也很高興，因為畢竟解決了一個大問題。

吃完飯後，我就忽然有了一個想法：該馬上去和孫露露談談。

而且，我也想趁晚上去曾經的母校看看。

因為那裏有趙夢蕾的墳墓。

我中學時候的母校，也和小縣城一樣古老。還是以前的那個校門，還是那幾棵古老的蒼松，蒼翠的大樹。

我和孫露露並肩進到了校門裏面，她挽住了我的胳膊。

我沒有反對她的這個動作，因為我忽然感覺到了一種孤獨。

懷舊也會讓人感到一種孤獨的。

學生在上晚自習，前方我熟悉的那些教室裏燈火通明，而我們腳下的路，還有整個校園，卻寂靜得有如恬靜的少女。

我聞到了，聞到了曾經熟悉的那種清幽曠遠的花香，它們瀰漫在如水般的月色裏。

現在，頭上是寧靜的夜空，皎潔的月亮懸掛在黑黑的夜幕中。

還是以前的那個校園，不過，我早已經度過了自己的學生時代，曾經如夢幻般的一切，早已遠去，還有我的初戀。

她，趙夢蕾，每次當她從教室出來的時候，我就悄悄地跟上她，然後，緩緩地在她身後享受她給我帶來的甜蜜與美麗幻想。

然而，那時候的我永遠也不會想到，有一天，也就是現在，此時此刻，當我再次來到這裏的時候，一切都已經物是人非了。

我還活著，而她，趙夢蕾，她卻已經長眠在了這個地方——校園的荷花池旁，那棵銀杏樹的根下。

這件事情是我請康得茂幫我辦的。

開始的時候，我只是想讓學校替趙夢蕾栽一棵樹，後來我想了想，還是決定把她的骨灰運回來，埋葬在那棵樹的根下。她已經不在了，但我相信那棵樹會永遠常青的。因為這裏曾經給了我們少年時代最美好的回憶，在我的內心，少女時代的趙夢蕾是世間最美麗的女孩。

孫露露很懂事，她就這樣挽著我的胳膊，靜悄悄的，不發出一點聲音。

我們倆在校園裏緩緩漫步。我感到自己有一種回到過去的美好感覺，彷彿自己的胳膊上並不是孫露露的手，而是趙夢蕾的。我喜歡這樣的幻覺。

前方是學校的行政樓，低矮的兩層樓平房。轉過去後就是那個池塘。月光下的池塘，水是墨綠色的，池塘的旁邊有很多的柳樹，它們婆娑著在隨風飄盪。

我記憶裏的這裏，就是這個樣子。

「咚」的一聲輕響，那是青蛙被我們驚動後，跳入水裏的聲音。我頓時看到了一陣漣漪，月亮的倒影也在隨之搖晃、破碎。

我在找那棵銀杏樹。

找到它了，就在兩株垂柳之間。我即刻擺脫了孫露露的手，快速地朝那棵樹跑去。

這是一棵大約有七八釐米直徑的銀杏樹，它挺拔地佇立在池塘邊，與那些點頭哈腰著的柳樹，形成了鮮明的對比。

我看到了，這棵銀杏樹上掛有一張小小的木牌，月光下，木牌上的字依稀可見：學生趙夢蕾。

頓時，我淚如雨下，緊緊地去抱住那棵樹。

它的軀幹如同我在看守所見到的趙夢蕾的遺體，僵直而冰涼……

就這樣，我無言地流淚，沒有人知道我內心深處的悲傷。沒有人知道趙夢蕾的逝去，是我內心最美好幻想的毀滅。她是我的初戀，我曾經一切的美好，都是她賜予我的。但是，後來的我卻是那麼的不珍惜，以至於讓她傷心欲絕，離開了這個世界。

「唉！」一聲長長的歎息聲把我從悲痛欲絕中拉回到了現實。

是孫露露，她就在我不遠處站立著。長長的歎息聲是她發出來的。

我鬆開了緊緊抱住銀杏樹的雙手，然後離開了它，隨即去到孫露露的身旁，「走吧。」

「她是誰？」她在問我。

「我的前妻，她的骨灰埋在這裏。」我說。

她再次來挽住我的胳膊，「告訴我她的故事好嗎？」

「走吧，我們去江邊坐坐，我告訴你關於她的一切。」我柔聲地對她說道。

其實她不知道，現在的我，很需要傾訴。

江邊。我和孫露露坐在了江邊的一處石級上。

遠山、近樹、叢林、土丘，全都矇矇矓矓，像是罩上了頭紗。月光下的黑夜，並不是千般一律的黑，山樹林崗各有不同的顏色；有墨黑、濃黑、淺黑、淡黑，還有像銀子似的泛著黑灰色，很像中國丹青畫那樣濃淡相宜。它們的下方，是白晃晃的一片，那是月下的江水。

現在是春天，江裏的水還比較淺，流水的聲音幾乎聽不見，或許正是它們平緩地流動，才顯現出了如同鏡面般的寧靜。

我們坐下來了，她依然挽著我的胳膊，頭枕在我的肩上。

我開始講述，從我的中學時代開始講起，一直講到後來，講到趙夢蕾的死……

我沒有再流淚，而是平靜地講述著，如同在講述別人的故事。

她聽完後，很久不說話，就這樣靠在我的肩上。

後來，我聽到了她輕輕的聲音，「馮大哥，你現在還很在乎她的，是嗎？」

我感覺到一種酸楚正在心裏湧起，急忙地道：「好了，露露，我們別說這件事情了。現在，我給你談談另外一件事情。」

「露露，其實說到底，你也算是我的女人，你說是吧？」我輕聲地問她道。

「……是的。」她回答，猶豫了一瞬後才回答。

「我請你來替我管理公司，完全是因為我信任你，也想到你是我的女人。當然，你的能力，也是其中最主要的因素。」我又說道。

「馮大哥，你究竟想要對我說什麼？你就直說吧，我不喜歡你這樣轉彎抹角的。」她說，頭已經離開了我的肩膀，她的臉已經到了我的眼前，月光下，她的雙眼是亮晶晶的。

我笑道：「我是怕你覺得我不信任你了，擔心你會有思想負擔。是這樣的，那天，你告訴我目前遇到了的那些困難後，我就即刻去和我岳父商量了一下，他給我出了一個不錯的主意。我父親不是在這裏的政府部門幹了很多年了嗎？他覺得，應該讓我父親發揮餘熱，利用他這麼多年的工作經驗和人脈關係，來協調其中的一些工作。

「今天，我剛剛到家後，就和我父親談了這件事情，開始的時候，他還很有顧慮，不過後來，他終於被我說服了。我本來是安排在明天上午來和你談的，但是想一想，工作上的事情還是越早解決就越好的，畢竟，我們有那麼多的錢已經投進來了。

「露露，你現在還有另外一個專案在操作，兩個地方又距離這麼遠，這會讓你很辛苦的。所以，我想讓我父親來當這裏公司的總經理，董事長的職務還是由你兼任。畢竟，你已經有了很多的經驗，完全可以從全局上把握住很多問題的。而且，這樣一來，你就可以兩邊兼顧了。露露，我真的沒有不放心你的意思，也特別擔心你會那樣去想。你能明白我的用心嗎？你說說，你覺得我這樣安排合適嗎？」

她的頭又靠回到了我的肩上，「馮大哥，這是你的家事，公司也是你的，你做任何安排，我都不會有意見的。」

我覺得她還是有些誤會了，急忙地道：「露露，你怎麼不相信我呢？我真的沒有別的什麼意思。今天我還對父親講了，他的職責就是執行董事會的決策。你放心，他不會為難你的。如果今後你有什麼話不好說的話，直接告訴我好了。」

「問題是，他是你爸爸啊！今後我怎麼管他？如果意見一致還好，不一致的話，我該怎麼辦？」她說。

「以你的意見為準啊，這還有什麼說的？老爺子是豆腐心刀子嘴，你好好哄他高興就行了。不過，你手上現在管著兩個專案，必須以這邊的為主。畢竟這裏的投資額太大了。那邊不是有總經理嘛，讓他多做些事情。」我說。

「好吧，我儘量和他好好相處。這可是你自己說的啊？我是你的女人，到時候，你可不能完全地偏向你父親。這是工作，不是只講親情的時候。」她說。

「那是當然。我已經給我父親講過了，我們投到這裏的錢可不是一點點，而且，很多錢還不是我一個人的，他非常清楚裏面的利害關係的。」我說。

「剛才我也想過了，你的這個主意其實很不錯。這樣一來，我的壓力就減輕很多了。」她又說道。

我很高興，「你這樣想，我很高興。露露，這樣吧，我明天讓父親到公司來，我和他一起來，你馬上給他把工作安排一下。」

「好。」她答應得很爽快。

「對了，那個董潔安排好了沒有？你覺得她怎麼樣？」我又問道。

「很聰明的一個小姑娘，看上去還不錯。今天我讓她去陪你那位女朋友了，暫時讓她也住在賓館裏。馮大哥，這樣不影響你吧？」她笑著問我道。

我有些尷尬，「說什麼呢？」

她笑道：「馮大哥，你身邊怎麼都是漂亮姑娘呢？你真有豔福。」

我即刻去將她抱住，「你這是在表揚你自己吧？我有了你，才是有豔福呢。」

我這一抱不打緊，頓時讓我的心裏湧起了一種激情，忍不住就在她的臉上親吻了一下，「露露……」

她開始在掙扎，「馮大哥，我們不可以的。我……」

我忽然想起她已經戀愛了的事實，頓時頹然，隨即鬆開了自己的手，「唉！我們回去吧。」

她猶豫了一瞬後，站了起來，低聲地對我說道：「馮大哥，對不起。」

我背對著她，朝她擺手，「別說了，沒事，是我不對。」

其實，我也在痛恨自己的無恥。

晚上回家後，我又和父親談了工作上的相關事情，特別說到他今後與孫露露的配合問題。父親樂呵呵地說道：「沒問題的，你放心好了。」

此刻，孩子已經睡了。母親在旁邊說：「你爸都想好了，馬上去辦理提前退休的手續。」

我很高興。

第五章

見好就收？

老人今天送給了我兩句話，
第一句是：我的油條好吃，但是，吃多了並不好。
這究竟是什麼意思？難道他是提醒我，見好就收？
可是，我回來投資的事情，他不可能知道的啊？
第二句話很好理解，尊重老人是一種品德，
沒聽說哪個不尊老的人能平步青雲。
我百思不得其解。

第二天一大早，我就起來了。第一件事就是跑到陽台上去呼吸新鮮空氣，這也是我以前讀高中時候的習慣。

而且，在我家的陽台上，可以遠遠地看見趙夢蕾的身影。以前，每次我在陽台上看見她的身影出現，我就背著書包朝樓下跑。

而現在，在我的極目遠眺中，我再也看不到那個美麗的身影了，她以前經常出現的地方，都是些我根本就不認識的人。

父親也起床了，我聽到他在對母親說道：「你別做早餐了，一會兒我和兒子出去吃。」

我即刻轉身去和父親開玩笑，「爸，您也捨得出去吃飯啊？」

「我們樓下有一個老頭，他做的油條和豆漿很好吃，一會兒我們去那裏吃早餐。」父親笑道。

「那媽媽吃什麼呢？」我問道。

「我今天不去上班了，在家裏給你帶孩子。昨天晚上，我已經給單位的人說了，我就在家裏吃點就是。」母親笑著說。

出了小院，在外邊街道旁有個小攤。一位六十多歲的老人正在炸油條。很明顯，他認識父親，因為他一看見我們後，就開始打招呼，「馮同志，今天早啊。」

父親朝他笑了笑，說：「我兒子回來了，帶他來嘗嘗你的豆漿油條。」

老人來看我，「這是你兒子啊？真有福氣。一看你兒子就是有錢人。好，好啊，有錢人嘗嘗我的豆漿油條也好，嘗嘗我們小老百姓吃的東西，這樣才不會忘本。」

我驚訝地發現，這個老人的談吐不凡。

卻聽到父親又在笑著說：「我也是這個意思，主要還是讓他來認識你一下。今後有機會的話，你多教導他一下。」

「一看你兒子就是那種非常聰明的人，哪裏需要我教導啊？不過，既然來了，我就送給他一句話吧。小夥子，你要記住，我這個糟老頭子今天要對你說一句話：我的油條好吃，但是吃多了，並不好。」

我頓時笑了，「哪有您這樣做生意的？一般人巴不得別人天天來吃自己做的東西呢。」

老人即刻正色地道：「做人要講良心，這才是最重要的。我這油條，畢竟是油炸的東西，吃多了可不好。以前好像聽你爸爸說過，你是當醫生的，你應該明白這個道理。吃好吃的東西只是一時覺得快活，卻不知道，有害的東西也慢慢隨著進到你的身體裏去了。」

我越發地覺得這個老人很不一般了，隨即笑道：「謝謝您的提醒。」

他朝我點頭，很慈祥的表情：「不錯，懂得尊重老人。尊敬老人是一種品德，沒聽說哪個不尊老的人能平步青雲的。你很不錯，這是我送給你的第二句話。」

我暗自驚訝不已。

還別說，這個老人做的油條豆漿真的很不錯，早上能夠吃上這麼美味的東西，還真是一種難得的享受。本來還想多吃一根油條、一碗豆漿的，但想到他剛才說的話，竟然不好意思再要了。

父親問我：「吃飽了沒有？」

我猶豫著去看那個老人，老人笑道：「吃吧，好吃的東西偶爾多吃一點也沒關係，今後你回去就吃不到了。」

吃完了早餐，我和父親一起朝公司走去。

父親知道公司在什麼地方。

「這個老人是一位智者。」父親忽然說。

「我覺得他很不一般。但他為什麼會以這個維生呢？」我很是不解地問道。

「姜子牙在八十歲之前，還一貧如洗呢。民間多英才，任何朝代都是如此。你可能不會相信，這個老人沒有什麼文化，但他的聰明是天生的。」父親說。

我歎息道：「可惜。」

父親笑道：「我給你講講他的故事，這個人很好玩的。」

我頓時興趣大起，「好啊，您給我說說這個人。」

「有一天，新上任的龍縣長到小吃攤吃早餐，剛找個板凳坐下，就聽炸油條的老頭一邊忙活，一邊嘮叨：大家吃好喝好哦，城管要來攆攤兒了，起碼三天你們撈不著吃咱炸的油條了！龍縣長心裏一驚：省衛生廳領導最近要來視察，這老頭兒怎麼今天一早就知道了？

「哪料這件事還沒弄明白，另一件事兒讓龍縣長腦袋裏的問號更大了。

「這天，他照例到老頭這兒吃油條。沒想到，老頭居然又在發佈消息：上面馬上要來青天大老爺了，誰有什麼冤案，就去縣府賓館等著吧！

「龍縣長大吃一驚，省高院的工作組星期三要來清查積案，這個消息昨天晚上才在常委會上傳達，這老頭兒怎麼這麼快就知道了呢？一個大字不識的老頭兒，居然能知道這麼多政府內部消息?!

「毫無疑問，一定是某些政府工作人員保密意識太差，嘴巴不緊。於是，龍縣長立即召開會議，把那些局長、主任們狠批了一通。

「還是公安局長膽大，忍不住問道：這胡老頭兒的事，是您親眼所見，還是聽說的？

「龍縣長聲色俱厲地一拍桌子：都是我親耳聽到的！我問你，你們城關派出所今天晚上是不是要清查娛樂城？公安局長一臉尷尬，愣在那裏。

「龍縣長見狀，當場下令：你親自去查查這老頭兒到底什麼背景，明天向我彙報！

「公安局長連連稱是，當即換上便裝，來到老頭的攤位進行暗訪。到了油條攤兒，只見老人家正向大夥兒發佈新消息：城關鎮的鎮長最近要倒楣了。大夥等著瞧，事兒不會小的……

「公安局長一聽，很是詫異，於是裝傻賣呆地問道：你怎麼知道的？難不成，你兒子是紀委書記？

「老頭呵呵一笑：我怎麼知道的？那孫子以前吃我油條的時候，都是讓司機開專車來買，這兩天一反常態，竟然自己步行來吃，還老是一臉愁容。那年他爹死，都沒見他那麼難過。能讓那孫子比死了爹還難受的事，除了丟官兒，還能是啥？

「局長聽了，暗自吃驚，這老頭兒還真有兩下子。

「於是，他不動聲色繼續問道：那昨天派出所清查娛樂城，你是怎麼知道的？

老頭又是一笑：你沒見那幾家娛樂城一大早就掛出了停業裝修的牌子？人家有眼線，消息比咱靈通！

「局長心想也是，於是又問：那衛生廳領導來視察，這事你怎麼知道的？

「老頭兒說：除了上面來人檢查，你啥時見過灑水車出來過？

「最後，局長問了個他最想不通的問題：上次省高院的工作組來指導工作，你怎麼那麼快也得到消息了呢？

「老頭撇了撇嘴說：那就更簡單了。俺鄰居家有個案子，法院拖了八年不辦。那天，辦案的法官突然主動來訪，滿臉笑容噓寒問暖，還再三保證案子馬上解決。這不明擺著上面來了人，怕他們上訪嘛！

「局長佩服得五體投地，連忙回去把情況向龍縣長彙報。

「龍縣長聽了大動肝火，馬上再次召開會議，做了四小時的訓話：同志們，一個炸油條的老頭，都能從一些簡單現象中看出我們的工作動向，這說明了什麼？說明我們存在了太多的形式主義！這種官場惡習不改，怎麼提升政府的美好形象？從今天開始，哪個部門再因為這種原因洩密，讓那老頭未卜先知，我可就不客氣了！

「第二天一早，龍縣長又來到胡老頭兒這吃油條，想驗證一下開會的效果。沒想到，老頭兒居然又在那裏發佈最新消息：今天，上面要來大領導了，來的還不止一個！

「縣長這一驚，真是非同小可。他心想：下午市長要陪同省領導來檢查工作，自己昨晚才接到通知，這老頭怎麼又提前知道了？

「龍縣長強壓怒火問老頭：你說要來大領導，到底有多大呢？

「老頭兒頭也不抬地回答：反正比縣長還大！

「龍縣長又問：你說要來的不止一個，能說個數嗎？到底來幾個？

「胡老頭兒仰起頭想了想，確定地回答道：四個！

「龍縣長目瞪口呆，省級領導還真是要來四個！他心裏怦怦直跳，又問：老師傅，這些事兒，你怎麼知道的？而且還知道得這麼準確！

「老頭兒淡淡一笑：這還不容易？我早上出攤兒，見馬路上增加了巡邏的武警，縣政府賓館的保安都戴上了白手套，一個個如臨大敵，肯定是上面來人了。再看看停車場，書記、縣長的車都停在了角落裏，肯定是來了比他們大的官兒。再仔細看看，書記、縣長停的車位是五、六號，說明上面來了四位領導。你信不信？當官兒的和咱老百姓不一樣，上廁所都要講究個級別，排個先後順序呢！龍縣長聽了後頓時面紅耳赤、目瞪口呆。

「怎麼樣？這老頭兒有點意思吧？」父親講得聲情並茂，繪聲繪色。

我聽了後，不禁大笑。

不過，我隨即便想道：難道他剛才對我說的話，也另有深意？隨即細想，頓時覺得他的話裏面真可能另有意味。

他今天送給了我兩句話，第一句是：我的油條好吃，但是，吃多了並不好。這究竟是什麼意思？難道他是提醒我，見好就收？可是，我回來投資的事情，他不可能知道的啊？

第二句話很好理解，尊重老人是一種品德，沒聽說哪個不尊老的人能平步青雲。這說的是一種傳統的東西。

我百思不得其解。

父親可能猜透了我的疑惑，隨即替我解開了這個謎，「他知道你是醫生，也知道你們醫生吃回扣的事情，所以，才那樣告誡你。他去年生了一場病，結果把他多年賣油條賺的錢花去了一大半，現在心裏還在生氣呢。」

我恍然大悟，不住地笑，「原來是這樣啊。這個老人很有意思。」

「他的第二句話可就高深多了。」父親接著又說。

我頓時不解：這有什麼高深的？

父親隨即又道：「你知道他究竟想要說什麼嗎？」

本來我以為很好理解的，但是現在聽父親這樣問我，我反倒覺得迷糊了，於是，我搖頭道：「爸，您說說。」

「這其實是官場上面經常有人說的一句話，而且，也有很多人在使用它：在官場，尊老是門學問，更是撒手鐧，關鍵時候搬出一位老人，對對手是很有殺傷力的，所以他說，沒聽說哪個不尊老的人能平步青雲的。其次，才是他說的那句話：尊老更是品德。這個老頭，也不知道他是從哪兒聽來的，也不知道他為什麼要把這句話送給你。呵呵！這個人很邪乎。」父親笑著說。

我去看父親，一會兒之後，我頓時明白了，「爸，您現在是總經理了，總得去買幾身像樣的衣服吧！您今後代表的可是公司的形象！您看，連這個賣油條的老人都覺得我們的反差太大了，他還以為我不孝敬您呢。」

父親也來看我，頓時大笑了起來，「哈哈！這個老頭兒，真有意思！」

我沒想到孫露露竟然這麼會找地方。公司所在地，竟然是以前的電影院。

這地方我當然熟悉。家鄉比較貧困，多年前看電影幾乎成了老百姓唯一的文化娛樂方式。我上高中的時候，正是國內功夫電影興起的階段，那時候，這家電影院的生意可是非常好的，幾乎是場場爆滿。

可是，隨著電視的普及，電視劇的氾濫，加上通過影碟機可以看電影了之後，電影院頓時就開始蕭條起來。

電影院被孫露露簡單改裝了一下以後，以前觀眾區的椅子都被拆掉了，分成了幾個社區，工程部、財務部、綜合業務部、市場推廣部等職能部門齊全。

孫露露招聘了不少的人，我進去後，便發現裏面來來往往的有不少的人，一片繁忙的景象。其實，準確地講，這個地方是一個開放式的辦公場地，我相信當地人看了後，絕對會震撼。因為像這樣現代化的辦公方式，在我家鄉絕對是首次出現。

那張巨大的螢幕早已經無影無蹤，上面的高台被隔開了，變成了董事長辦公室。

今天，我沒有提前通知孫露露我什麼時候到公司來，進入到公司裏面後，我和父親直接穿過公共辦公區，去到了裏面的董事長辦公室。

孫露露的董事長辦公室被裝修得很漂亮，而且顯得富麗堂皇。整個高台的面積本身就不小，在經過裝修之後，就越發地顯得大了。當然，這只是一種視覺效應。

進去的時候，孫露露正在打電話，她見到我們後，急忙對著電話說了一句：「我老闆來了，一會兒再和你說啊。」

我笑著對她說道：「肯定是私人電話。」

「當然，這麼早，這地方的官員還不習慣工作呢。現在，正是他們泡茶聊天的時間。」孫露露說，隨即來看我身旁的父親，「這是馮伯伯吧？」

我點頭，「是的。爸，這位就是孫董事長。孫露露。」

父親倒是很客氣，他朝著孫露露微微地笑了一下。我發現，父親竟然有些局促的樣子，於是，急忙帶著他去坐到了會客區處那張大人的真皮沙發上。

孫露露親自給我們泡來了茶，隨即坐下。

我即刻蹺起了二郎腿，「孫董，這地方不錯。租金多少錢一個月啊？」

她笑道：「太便宜了，一年五萬塊錢的租金，我簡單裝修了一下，沒花多少錢。因為數額不大，所以，就沒有給你彙報。」

我點頭，「這地方今後還是搞成電影院吧，按照大城市裏面的風格修建和裝修一下。一個地方的文化生活不能少，如果政府沒有規劃這個功能的話，今後我們自己經營。」

「這裏有五畝土地，是縣文化局的。也在拆遷範圍以內。現在，我們正在和縣文化局談具體的條件。」她說。

「具體的你操作吧。反正現在，你這裏各種人才都比較齊備了，有什麼事情，徵求一下大家的意見就是了。孫董，我父親已經答應到這裏來上班了，你看把他的辦公室安排在什麼地方啊？」我說道。

她看了看辦公室的四周，「馮大哥，你看這裏怎麼樣？」

「那你呢？」我詫異地問。

「那後面。」她指了指窗外，也就是電影院以前的放映室，「那裏很不錯，上次裝修的時候也一併裝修過來，只需要去買一套辦公傢俱就可以了。」她說。

我搖頭，「不行，那地方小了些，你去那裏辦公不合適。」

「不小了，起碼有三十個平方呢，只比這裏小一點。現在是會議室。」她笑著說。

「這樣吧。」我說，隨即去看父親，「爸，您去那地方辦公吧，可以嗎？」

「行，董事長怎麼安排我就怎麼辦。」父親笑著說，臉上帶著一種羞澀。

我知道他是還沒有習慣，或者沒有完全進入角色。

「這……」孫露露為難的樣子。

我笑著對她說道：「這件事情就這樣定了。你是董事長，在這裏辦公最合適。呵呵！現在這樣不是正好嗎？今後你和我父親一前一後管理著外面的人，他們絕不敢遲到早退什麼的。」

她這才說道：「好吧，我馬上派人去買傢俱。」

「那會議室搬到什麼地方去呢？」我問道。

「這棟樓的旁邊，有一處放雜物的地方，面積也不小，我馬上讓人把那裏裝修出來就是。」她笑著說。

隨即，我發現在這辦公室一角的一張大桌子上放了許多的圖紙，便站起來朝那地方走去，「這些都是縣裏面的規劃圖吧？」

「是。還有設計單位交來第一期專案的設計初稿。我正在看。馮大哥，你也看看吧。」她說。

我搖頭，「我就不看了，今後你和我父親一起商量吧。」

雖然這樣說，我還是打開了一捆圖紙去看，但是，卻發現自己根本就看不懂，隨即就離開了那裏，「爸，您看您什麼時候來上班？」

「過幾天吧，我把退休手續辦了來。」父親說。

我笑道：「爸，乾脆您明天就來上班吧。手續的事情還不好辦？您給單位說一聲，請他們給您辦好不就行了？」

他搖頭，「那怎麼行？我工作了幾十年，總得有始有終吧？這樣，我一邊辦手續，一邊先到這裏來上班。這樣，總可以了吧？」

我不再說什麼，因為我非常清楚，這已經是父親最大的讓步了。

於是，我去對孫露露說道：「今天我安排你一件事情，你陪我爸去買幾套衣服，還有公事包什麼的。要買這裏最好的。」

父親頓時有些慌了，「我自己去就行。」

我笑道：「不行。孫露露很有眼光的，她給您買的才合適。」

「好，正好今天沒有什麼事情，我陪馮伯伯去就是。你放心好了。」孫露露笑著說。

我隨即拿出一張卡來遞給她，「錢從這裏面出吧。」

「就在公司的賬上報吧，算作是業務費用。」孫露露說。

我搖頭道：「不行，這樣容易造成財務上的混亂，這各是一碼子事。」

隨即，我將銀行卡的密碼告訴了她。

這張卡其實是我給唐孜準備的。那天我說了給她買車，後來她雖然拒絕了，但我想，這筆錢還是應該給她的，因為我沒有去參加她的婚禮。

不過後來，我一直沒有碰上她，所以就把這張卡一直放在了身上。裏面的錢並不多，不過，給我父親買衣服肯定是綽綽有餘了。

「爸，讓小孫陪您去吧。我去辦點事情，中午就不回家吃飯了，晚上我看情況再說。」我隨即對父親說道。

「你都回到老家了，還有什麼要緊的事情？」父親不滿地問。

「馮伯伯，他確實有事，我陪您去吧。」孫露露笑著說，朝我做了一個怪相。

我急忙地道：「是這樣，我有一個朋友在這裏，她現在住在賓館裏面，我得去看看她。」

「哦，這樣啊。你讓他到家裏來吃飯吧。」父親說。

我笑道：「再說吧。」

中國的語言就是這點好，在發音上「他」「她」不分，我相信，父親絕沒有想到，我說的那位朋友是一位女性。

我在公司裏面只待了很短的時間，因為我還是擔心遇到熟人。小縣城的人不多，人與人之間有著無數扯不清的關係，說不定隨便冒出個人來，就會是我的長輩。

想到這裏，我即刻地對父親說道：「爸，您暫時不要告訴別人這公司是我的。這樣，對您今後的工作也有好處。萬一今後那些人買房都來找您打折的話，就麻煩了。」

父親不說話。

我頓時知道他心裏的不快：說不定，他心裏已經有了那樣的打算了。不行，我還得找他談談。當然，最好是在家裏面。我心裏想道。

「爸，我們晚上在家裏慢慢說這件事情。」我急忙地道。

父親還是不說話，我有些尷尬起來。

孫露露笑道：「這件事情我來和伯父談吧。一會去買東西的時候，我和伯父順便就談了。」

我想這樣更好，免得父親會把我當成奸商一樣地看待。

於是，我先行離開了。

到了街上後，我開始給余敏打電話。

「我在進城的橋上。我準備把那些吊腳樓照下來，可能今後再也看不到這樣的房子了。」她在電話裏面笑著對我說。

「我馬上來。」我頓時有了一種輕鬆的心境。

我沒有回去開車，而是直接坐了一輛人力三輪，就朝那座橋的方向去了。

遠遠的，我看到她了，她正拿著相機在拍照。

她也看見我了，正把她的相機朝向我。

「咔嚓」一聲之後，她笑著對我說：「我把你裝進去了，你跑不了啦。」

今天的她穿著一條藍色的牛仔褲，上身是一件淡綠色的毛衣，頭髮簡約地挽在了她的腦後，看上去很青春、很活潑的樣子。

而且，她的口音也與我家鄉這裏的完全不同，所以，頓時就引來了許多人的側目。

我不禁有些惶恐起來，因為我不想讓別人注意到我。她畢竟不是我的老婆。在我家鄉這個地方，人們的思想是非常保守的。

我急忙朝她跑了過去，即刻對她說道：「我們去另外一個地方。」

忽然，我聽到一個聲音在叫我：「馮笑，你是不是馮笑？」

這是一個女人的聲音，標準的我家鄉的地方口音。

我急忙朝她看去，發現她的面孔竟然很陌生，年齡卻看不大出來。

我狐疑地看著她。

「你真的是馮笑？」她來到了我面前，我頓時覺得她的面孔有些熟悉了。

「是啊。你是……呵呵！對不起，我想不起來你是誰了。」我不好意思地說。

「我是羅華啊。你不記得了？」她問道。

「羅華……」我還是想不起來，於是，更加尷尬地苦笑。

「我們小學時候是一班的。初中的時候，我們也是一個年級。你在一班，我在三班。」她說。

「哦，老同學啊。你好。」我急忙熱情了起來。

其實我還是記不起她來。從小學到高中那麼多同學，而且，當時我們男生很少去和女同學說話，哪裏還記得自己有這樣一個同學啊？

她卻很高興的樣子，「你終於想起我來啦？太好了。這是你老婆嗎？」

我頓時尷尬起來，「不是，她是我朋友。」

這個叫羅華的自稱是我同學的女人，頓時露出了一種奇怪的笑容。我當然可以感覺到她那種笑容裏包含的意味，「羅華，這個……我還有點事，今後多聯繫啊。」

「你不把電話給我，我怎麼聯繫你？」她責怪地看著我，隨即對余敏笑了笑。

沒辦法，我只好把我的手機號碼告訴了她。

她拿出手機開始撥打，我的電話即刻響了起來。

她笑著對我說道：「這是我的號碼，你記一下。對了，馮笑，這次你回來，準備待多久？我聽說，你是省城一所大醫院的醫生，是吧？」

我點頭，「是啊，我這次回來待不了多久的。」

「這樣吧，我把在縣裏面的同學召集一下，大家找個時間一起吃頓飯，好不好？」她隨即說道。

「好啊，謝謝你。」我說，其實我心裏一點都不情願。可是，她卻很熱情的樣子，「那就這樣說好了啊。我召集齊了，就給你打電話。你們玩吧，我不打攪你們了。」

我朝她笑，同時點頭。

她離開了，幾步之後，又轉身來看我，見我在朝著她看後，她頓時笑了。

「你這同學很熱情。」余敏對我說。

「我根本就不記得她了，現在都沒想起來。」我苦笑著說。

「是嗎？哈哈！你真好玩。」余敏頓時大笑了起來。

我卻忽然想起了一件事情來，「董潔呢？」

「她才離開我不一會兒，被孫露露打電話來叫走了。」她說。

我頓時明白了孫露露的目的：她是為了讓我能夠單獨和余敏在一起。

「怎麼樣？我們家鄉還不錯吧？」不過，我不可能把孫露露的這種意圖告訴她，於是這樣問她道。

「還不錯，就是縣城太髒了些。」她笑著說。

我不禁苦笑。

她卻指著遠處說道：「那座山叫什麼？很好看的，像兩個人的樣子。」

我朝她手指的方向看去，頓時笑了，「那座山叫龜山。因為從另一個角度看，那地方像一隻烏龜的樣子，從這裏看就不一樣了。你再看看，它究竟像什麼？」

「我就覺得像兩個人。」她回答說。

「我們當地人說，那地方像豬八戒在背媳婦，你看像不像？」我笑道。

她頓時高興得跳了起來，「對！真像！馮大哥，我好想去那裏看看。」

我也頓時被她感染了，「走，我們去開車。開車可以去到山的半山腰。」

她高興極了，伸出手來準備挽住我的胳膊，但隨即卻縮了回去。

我假裝沒有看見。

「馮大哥，到了那裏後，我要讓你背我。」她看了我一眼，臉上紅紅的。

我不禁笑了起來，「有我這麼帥的豬八戒嗎？」

我曾經去過那座山上。我高中畢業的時候。

當時剛剛高考結束，歐陽童便約了我，還有另外幾個男同學到山上去玩。我們當然沒有坐車去，因為客車不去那裏。那地方的路很窄，而且也很險，只適合越野車或者小型貨車通過。

那時候，我們都很年輕，精力旺盛，被歐陽童一鼓動就即刻出發了。早上九點過，我們從縣城出發，到中午的時候才到了半山腰。半山腰的地方有一座小廟，我們又渴又餓，忽然發現小廟的泥菩薩前面有貢品：幾個饅頭，還有一些水果。

歐陽童大喜，拿起那些東西就開吃。本來我們的內心裏對菩薩還是有著一種敬畏的，但是實在忍受不了饑渴，於是也就一擁而上開始吃了起來。

其實走進那座山後才發現，那山的形狀並不像什麼豬八戒背媳婦，也就是兩塊大石頭罷了。所以，大家也就沒有了興趣，於是休息了一會兒後就往回走。

年輕時候的我們就是那樣，總是容易一時激情。

下山的時候，忽然發現歐陽童沒有來，於是大家急忙大聲呼叫他。一會兒後，他興沖沖地跑出來了，大聲叫道：「好多錢！裏面有好多錢！」

我們頓時都愕然。

他從衣服裏抓出一大把硬幣出來給我們看，「都是裏面的，被我全拿走了。」一個同學急忙提醒他，「別拿那錢，那是別人敬菩薩的。」

歐陽童卻笑道：「你們連敬菩薩的東西都吃了，這錢算什麼？我下山後，拿去買煙抽。」

說來也很奇怪，剛剛下到山腳下的時候，歐陽童就大聲叫起肚子痛來。

我們不禁駭然：難道他真的衝撞了菩薩了？

可是歐陽童卻不相信，他說：「肯定是剛才吃壞了肚子。」

我們當然不會相信，因為我們都沒有不適的感覺。

後來的事情我記不得了，好像是大家又休息了一會兒，之後就回到了縣城，然後各自回家了。

不過，現在我回想起這件事情來的時候，心裏忽然有了這樣一種感覺：難道歐陽童是因為當年衝撞了菩薩，才導致了後來那樣的結果嗎？

隨即苦笑，自己也覺得自己的這個想法有些好笑。不過，從那件事情我可以看出：他喜歡錢倒是真的。

現在，當余敏提出要去山上的時候，我不禁動心了。因為我發現，自己對那次的登山運動竟然還有著清晰的記憶，而且，在我內心的深處，總覺得山上的那座廟似乎有些靈驗。

所以，我很想再去那裏看看。故地重遊的感覺，總是會給人以一種興奮的感覺，何況，余敏也很想去。她是我的客人，昨天晚上我就已經扔下她沒有管了，今天，我不能敗了她的興致。

第六章

算命仙的話

今天山上的事情，在我心裏產生了很大的陰影。
太不可思議、太恐怖了，我想解開這個謎團。
我根本就不相信那些所謂的算命之術。
這件事讓我頓時陷入了一種矛盾的狀態之中，
而這矛盾帶來的，恰恰是一種恐懼，極度的恐懼。

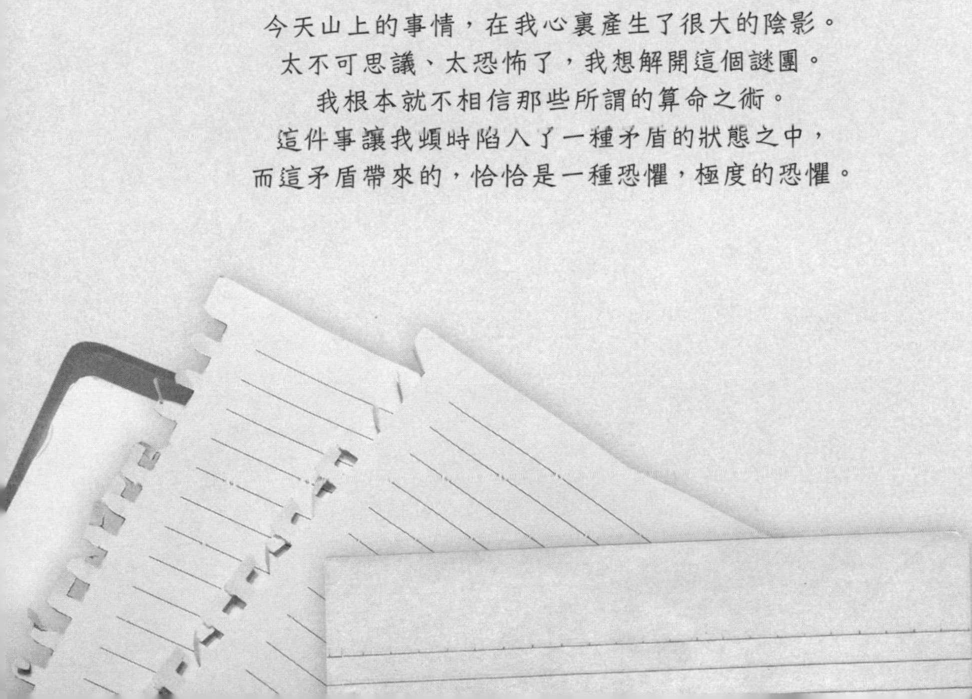

這次和以前不一樣了，我和余敏是開著車去到山上的，我發現上山的路與以前完全不一樣了，公路竟然已經被硬化，而且，也比以前寬闊了許多。

到了半山腰的時候，我發現那座寺廟也和以前完全不同了。記得那次我們到這裏的時候，廟裏是沒有其他的人的，也沒有和尚，完全就是一個破敗不堪的小廟。但是今天，我看到的卻完全不是這樣的景象。

我發現，這裏的香火竟然非常的旺，到這裏來燒香拜佛的人不少，道觀外面也停了不少的車，而且，廟裏竟然進駐了道士。我這才知道，這地方原來是一座道觀。

裏面的道士像真的一樣。他們都身著青色的長袍，腳下是綁腿加布鞋。道士們的頭髮很長，而且，頭頂上都挽了一個髻，個別的道士還長鬚飄飄的，有些仙風道骨的模樣。

「我們去拜菩薩。」余敏興高采烈地道。

我頓時大笑了起來，「這裏的道觀，哪裏來的菩薩？」

「反正我把廟裏的那些塑像都稱為菩薩。走吧，看來這裏很靈。」她拉了我一把，同時在笑。

我看得出來，她現在是真正的高興。

於是，我也跟著她進到了廟裏。

其實，我也不知道廟裏供奉的是哪一路神仙，只是覺得裏面的塑像很是高大威猛。塑像前有三個布墊，有人正跪在布墊上面磕頭。

我和余敏在磕頭的人後面站著，等候他們跪拜的結束。

那三個人終於站起來了，嘴裏還在念叨著什麼。

余敏又拉了我一把，「我們磕頭。」

我有些不大好意思，因為我雖然對宗教有著從骨子裏的一種迷信，但卻從來沒有去朝那些泥塑的雕像跪拜過。

所以，我轉身去看了看周圍，發現有沒有熟人後，才緩緩地在余敏的身旁跪了下去，然後，學著她的模樣開始磕頭。

一旦跪下去了後，心裏也就肅穆了起來，於是虔誠地磕頭，心裏在祈禱：希望神仙保佑我一生平安。

忽然又想到了一件事情，急忙在心裏加了一句：希望神仙保佑陳圓儘快醒來。嗯，還希望神仙保佑我兒子健健康康長大。這時候，我又忽然感覺到自己有些不孝，於是又加了一句：希望神仙保佑我父母身體健康、長命百歲。

隨即，我覺得自己有些過分了：是不是要求太多了？站起來後，我發現旁邊有一個功德箱，急忙從身上摸出一張百元的鈔票放了進去。

「無量壽佛……」忽然聽到不遠處傳來一個聲音，急忙朝那地方看去，發現一位道士正在那地方看著我，而且隨後，他輕輕敲了一下前面的那個小鑼，小鑼頓時發出了清脆的聲音。我心裏不禁覺得好笑——看來，這道士敲鑼也是很有講究的：非一百元不敲。

余敏站了起來，她笑著對我說：「你可真夠大方的。」

我笑了笑，隨即問她道：「你剛才祈禱了什麼？」

她的臉頓時紅了，「沒有什麼。我不告訴你，說出來就不靈了。」

我不禁苦笑。

余敏卻去問剛才敲鑼的道士：「你們這裏可以抽籤嗎？」

道士點頭說：「可以的，在後面。」

余敏頓時高興了，又問：「你們這裏的籤靈嗎？」

那道士回答說：「那得看你的心誠不誠。」

余敏即刻拉著我就往後面跑。

我頓時笑了起來，「余敏，你真夠好笑的，怎麼那樣去問人家啊？假如我問你，余敏，你公司銷售的儀器是不是水貨啊？你怎麼回答？」

她頓時也大笑，「那得看你出多少錢。我實話告訴你，便宜無好貨。」

我大笑，隨即感覺到自己手裏的她的手很溫暖、很柔軟。

我可以肯定，後面的房屋是前幾年才剛剛修建的，因為以前我們來這裏的時候，根本就沒有後面的這些建築。

果然有抽籤的地方，而且還有不少人在排隊。

這裏有兩個道士，一個負責抽籤，然後根據抽出來籤的號碼，發放籤的內容。另一位道士是專門解籤的。

起碼排了十分鐘的隊，才輪到了我們。

「我有點害怕。」余敏對我說。

我心裏暗暗覺得好笑：其實我們都一樣，總是對自己未來充滿著好奇，但一旦到了可以觸摸到命運真相的時候，又總是會內心忐忑。

當然，抽籤這種所謂的算命方式，也許只是自己欺騙自己而已。

「跪在太上老君面前，先靜靜地想自己要求告的事情，然後搖籤。」那位道士吩咐余敏道。

余敏虔誠地跪了下去，一會兒後，她開始搖動手上的籤筒，一陣「嘩嘩」的聲音過後，我看見一支籤掉落在了地上。

余敏去把那支籤撿起來，遞給了那位道士。她的神情看上去很緊張的樣子。

道士看了看後，給了她一張印有文字的紙。

余敏接過去後卻沒有看，她對我說道：「該你了。」

於是，我模仿著余敏剛才的樣子跪了下去，然後開始搖籤。

道士也給了我一張籤文。

「我看看你的。」余敏朝我伸出了手來。

「那我也看看你的吧，我們交換看。」我笑著對她說。

其實我已經看過我自己的了，只是不大懂。

她朝我伸了一下舌頭，「我不敢看我自己的。」

我頓時笑了起來，從她手上接過了籤文，只見上面寫著：第九籤上上籤貴客相逢更可期，庭前枯木鳳來儀，好將短事求長事，休聽旁人說是非。

「上上籤呢。不錯。」我笑道，心裏不禁有些失落，因為我抽到的卻只是一個中籤。

她看著我的籤說：「你的我看不懂。不過，好像也還不錯。」

我苦笑，心裏想道：這不過是一種遊戲罷了，完全是一種偶然。

剛才我看了，我那籤的內容是：桃李謝春風，西飛又復東，家中無意緒，船在浪濤中。

雖然我在心裏這樣安慰自己，但我的內心卻是忐忑不安的。我在想：船在浪濤中是什麼意思？難道我最近會有危險？不可能吧？最近，我好像很順利的啊？反而，余敏的事情好像還遙遙無期呢。

余敏卻很興奮，「我們去請那個道士解籤吧。」

我卻不想去了，因為我感覺到，自己的籤如果被解出來了的話，肯定會增添自己內心的煩惱的。

可是，興奮的余敏卻沒有領會到我內心的這種忐忑和不安，她即刻去到了解籤的道士那裏，把籤文遞給了那位道士。

「好籤！你這籤得給一百元我才解。」那位道士說。

我差點笑了起來，心裏頓時也高興了許多，因為我從道士剛才的話裏感受到了一點：這完全是騙人的。

這道士純粹就是為了錢！於是，我準備替余敏把錢給了，心想反正是玩嘛。

余敏卻拒絕了我，「這錢只能由我自己給，這樣才靈。」

我不禁苦笑，心想，她可真夠迷信的。只好罷了。

那道士錢收下了，隨即用手輕輕捋著他下顎的鬍鬚，搖頭晃腦地念起了余敏的那張籤文來：「貴客相逢更可期，庭前枯木鳳來儀，好將短事求長事，休聽旁人說是非。好籤啊！這籤的意思是說，你命中會得到貴人相助，婚姻雖然較晚，但是一定可得佳侶，你如果經商的話，則應有主見，這樣才能賺到很多錢。」

余敏頓時驚喜，「太準了！這籤太準了！」

說實話，我也有些驚訝，因為那道士說余敏婚姻較晚，做生意需要主見，這兩條確實說到準了。這一刻，我頓時有些驚訝起來，目瞪口呆地看著那位道士。

「哥，把你的籤給他幫你看看。」忽然聽到余敏在對我說道。

也許是因為好奇，也許是因為內心的震撼，我在一種懵懂的狀態下，把手上的籤朝那位道士遞了過去。

道士看著那張籤，他在沉吟，隨即卻來看我的臉。

我心裏頓時忐忑不安起來。

「怎麼啦？」我問道。

他又開始捋他的鬍鬚，隨即說道：「單從字面上看，你這籤說的是：栽種不得其時，去向漂流不定，最近旅程不順，家庭亦有風波。不過，我發現你的面相很奇怪。嗯，你的籤，我不收錢。」

我心裏更加惶恐了，急忙掏出兩百塊錢朝他遞了過去，「請你說說吧，我的面相怎麼奇怪了？」

他不說話。

我明知他是還想要錢，但卻止不住內心的惶恐和好奇，於是，又從錢包裏掏出一疊錢來，朝他遞了過去，甚至根本就沒有去數那些錢究竟有多少！

他終於說話了，「唉！看在你心誠的分上，我就冒死洩露一點天機吧。你的面相看上去很不錯，天庭飽滿地閣方圓，山根隆起，應該是很有財運之相，如果做官的話，可以到三品。呵呵！三品官，相當於現在的正部級幹部呢。不過，你的面相上有不足的地方，你克妻。還有，你這人心地善良，卻總是將自己置於驚濤駭浪之中。這就很危險了。不過，這也正好化解了你身上的一些戾氣，最終可以得到善終。」

我不禁駭然，但卻依然且信且疑。

因為我是從事自然科學的人，他的話與我的世界觀完全相背離，而且，在我心裏認為，他這僅僅是一種偶然的猜測罷了。可是，他竟然說我克妻……

所以，我開始動搖了。

也許是發現了我內心的狐疑，他繼續說道：「你可能不會相信我的話，那我可以告訴你，在你的右側乳下有一粒黑痣，有沒有，你自己知道。」

我即刻離開了。我的內心震驚不已，走了幾步之後，我又反轉了回去，問他道：「有什麼化解的辦法嗎？」

他這次竟然沒有向我要錢，而是捋著鬍鬚朝我笑道：「唯有加入我道教，才可以化解。」

我頓時瞠目結舌，片刻後拉住余敏的手，「我們走。」

「馮大哥，這個道士好像很厲害。」出了道觀後，余敏對我說。

我搖頭，「我不知道他是怎麼看出我婚姻上的問題的，也不知道他是如何猜到我有那顆痣的。但是，有一點我很反感，我覺得，他是邪教中的人。『唯有加入我道教可以化解』，這不是邪教是什麼？」

「馮大哥，有些事情還是信一點的好，不怕一萬就怕萬一啊。」她勸我道。

我不住冷笑，「也許是他發現我有錢，所以才這樣誆騙我，想讓我加入他們的道教，然後，從我這裏獲取他們想要的一切。余敏，你也別信他們那些鬼話。我只知道一點，自古以來，相信道士的那些皇帝，沒有一個有好下場的。我只相信一點，也許我們每一個人的命是被上天註定了的，但是，運卻決定於我們自己。佛教就比較辯證，他們認為，一個人的運是可以改變的，甚至還可以因為運的改變，而最終影響到我們一個人的命……」

我一口氣說了很多話，其實在我的心裏依然充滿著恐懼。也許正是這種恐懼，才讓我自己不住地解答這個問題。我想自己說服我自己。

余敏看著我，頓時笑了起來，「馮大哥，你說得對。就把今天的事情當成遊戲好啦。咦？上面的山形怎麼不像豬八戒背媳婦了？」

雖然我明明知道她這是在安慰我，但我心裏的疑懼依然沒法消散。

不過，我也需要她這樣的方式來轉移我的注意力，於是便笑道：「這山形嘛，你想它像什麼，它就會像什麼的。遠處看它們像豬八戒背媳婦，近了看，也就是兩塊石頭。我們人也是這樣，總是擔心自己的命運，其實說到底，命運很簡單，那就是生老病死，自然規律罷了。有的人活得長一些，有的人生下來就夭折了。這是很自然的事情。」

「馮大哥，我們不說這件事情了，好嗎？」她說，隨即過來輕輕地抱住了我，她的唇在我耳畔說道：「哥，我只知道一點，你是我的貴人。」

我心裏頓時感動起來，以至於忘記了這裏是我的家鄉。不過，這種忘記僅僅只有很短的時間，「小敏，我們去那邊走走。」

朝著道觀的一側往裏面走，不多一會兒，我就發現，較寬闊的道路已經沒有了。不過，還有一條小小的山道蜿蜒地在前面延伸。

「我們還往前面走嗎？」我問身旁的她。

「走吧，我覺得這裏的空氣挺好的。而且還有很多的野花，它們很漂亮。」余敏說，隨即在我耳旁低聲地唱道：「送你送到小村外，有句話兒要交代，雖然已經是百花開，路邊的野花不要採。記著我的情記著我的愛，記著有我天天在等待……嘻嘻！你要記住啊，路邊的野花不要隨便亂採哦。」

我大笑，「那句『路邊的野花不要採』後面好像應該是『不採白不採』吧？」

「哈哈！」她也大笑起來，即刻鬆開了我的手、歡快地朝前面跑了過去。

前面是道彎，她即刻轉到山那邊不見了。

我不住地笑，心裏的鬱鬱頓時減輕了許多，隨即慢慢地朝前面走去。

忽然，我看見她跑了回來，似笑非笑的樣子，而且，臉上是一片通紅。

我詫異地看著她問道：「怎麼啦？」

「你過去看看就知道了。」她說，隨即「吃吃」地笑。

「究竟怎麼了嘛？」我問道，隨即朝前面走去，轉過那道彎，可是卻什麼也沒有發現。

我隨即轉身去看她，發現她依然是那種似笑非笑的樣子。

她低聲地對我說道：「你再朝前面走走，那裏有一個小石洞。你別大聲，悄悄地走過去就可以看到了。」

我心裏大奇，不過卻已經猜到會看到什麼了，於是，我輕輕邁動著腳步朝前面走去。

往前面走了不到二十米，我就看見了——

在一叢蒿草的後面，山崖的底部，有一個淺淺的岩洞，岩洞裏面有兩個人，一男一女，地上是他們脫下的衣褲，兩個人都是赤身裸體……

我拉起余敏就往回跑。

跑回到道觀的旁邊才停住了腳步。

我忍不住地大笑了起來。

「幹嗎不多看一會兒啊？」余敏責怪我道。

「我們這裏有個風俗，一是看到了這樣的事情會很倒楣，二是不能去打攪了人家的好事。不然的話，會很不吉利。」我笑著說。

「這是什麼道理？」她笑著問我道，臉上卻是一片羞紅。

我笑著說：「起碼有一點還是很有科學道理的。如果打攪了人家的好事，那男人很可能會有心理障礙，今後容易出現陽痿。」

「真的啊？」她不相信的神情。

我點頭，「每次員警掃黃後，我們醫院的泌尿科門診病人都會多很多，多出的部分病人都是因為陽痿去就診的。估計是被員警嚇出毛病來了。」

「真的？你騙我的吧？」她頓時笑了起來。

我也笑，「還別說，我真的是騙你的。不過，從心理學的角度來講，這種情況是肯定有的。」

她隨即不住地笑。

我知道她是又想起了那一對野鴛鴦的事情來了。

她的神態讓我不禁意動起來，頓時感覺有一種躁動的東西在血液裏竄動，即刻低聲地對她說道：「小敏，我們回去吧。」

可是，她卻沒有領悟到我話中的意思，而是笑著對我說：「等等，我們等那兩個人出來後，看看他們的模樣。」

「萬一他們從那個方向走了呢？」我說道。

她搖頭，「不會的，我估計他們也是到這裏來燒香拜佛的人。」

這下，我頓時也產生了一種好奇的心理，也想看看那兩個人的模樣。

於是，我們就站在那裏傻傻地等。

結果，不到五分鐘的時間，就看到那條小道上面有從山那邊轉過來的兩個人。一男一女。男人穿的好像是一套西裝，女人是一件紅色的風衣。

他們慢慢在朝我們走近。

我反倒不好意思起來，「小敏，我們也回去吧，別讓他們感覺到我們知道了他們的事情。這樣不好。」

她頓時笑了起來，隨即來挽住了我的胳膊。我們慢慢地朝道觀走去。

那兩個人慢慢地走近了。

余敏轉身去看，我拉了她一下，卻沒有拉住。

猛然地，我聽見余敏發出了一聲淺淺的低呼。

「怎麼啦？」我轉身去問她，頓時也呆住了，因為我發現，那個女人竟然是羅華。就是今天在橋頭處來和我打招呼的那個女人。

現在，我頓時明白了：她肯定是在那地方等候這個男人，結果無意中碰到了我們。隨後，我和余敏去到我家的樓下開車，羅華卻和這個男人先到了這裏。

這個男人肯定不會是她的老公。這一點不需要我去猜測。試想：兩夫妻之間，哪裏還會有這樣的情趣？

羅華也看見了我們，她的臉頓時紅了，「你們怎麼也在這裏？」

「我們來看看這地方。很多年沒有來過了。」我急忙地道，隨即去問她：「這位是……」

我不得不問。如果我不問的話，就更加讓她懷疑我們知道了她剛才的事情了。

「這是我親戚，到這裏來談點事情。」羅華急忙解釋道，隨即去對那個男人說：「這是我同學馮笑，現在省城上班。」

那個男人朝我笑了笑，僅僅是笑了笑。

我發現這個男人很帥氣，雖然臉黑了點，但臉型卻有棱有角的，而且，身高起碼有一米八的樣子，完全一副運動員的體型。

「說好了啊，最近我們聚聚。」我不得不佩服羅華的鎮靜，她笑著對我說道。

這時候我才發現：她其實還是蠻漂亮的，也許是剛剛做了那件事情的緣故吧，她的臉色比我在橋頭時看到的好多了。

我朝她笑著點了點頭。

他們兩個人繼續朝前面走，我看見他們上了一輛桑塔納轎車，男人坐到了駕駛座上。

「他絕不是你那女同學的老公。」余敏看著那輛開下山的桑塔納說道。

「小敏，別去管人家的事情。這樣不好。」我說，心裏想到的卻是自己和她的關係。

「哥，我們也去他們剛才那地方吧。」她卻隨即低聲地對我說了一句。

我被她的話嚇了一大跳，「不行！既然我們看到了他們，那麼別人也可能會發現我們的。」

「那我們回賓館吧，他們太可笑了……」她低聲地笑著對我說道。

「我們先去吃飯。我餓了，沒力氣了。」我情不自禁地在她臉頰上親吻了一下。

她低聲地呻吟了一聲，「哥，我們就去那裏吧。別人不會看見的。你看，這麼久了都沒有人往那裏去，我們剛才只是一種偶然。」

我心潮浮動，難以自己。不過，我依然在猶豫。

她輕輕拉了一下我的手，我頓時迷迷糊糊地跟著她走了。

就這樣，她靜靜地將她的頭靠在我的肩上，我輕輕地將她擁住。一陣山風吹過來，她的頭髮飄散在了我的臉上，我去親吻了她的臉頰一下，發現是濕濕的，還有鹹鹹的味道。她出了一身汗。

下山後，我們去到了江邊吃了午飯。那裏有味道不錯的河鮮。

現在，也只有像我家鄉這樣的地方，才可以吃到真正的野生魚了。泡椒味道的，魚很鮮嫩，魚湯更加可口。

余敏和我都狼吞虎嚥。吃完後，我們相視一笑。我們的這種笑，只有我們自己才知道其中的含義。

對於我來講，我是一種發自內心的愉悅感覺，與此同時，我還體會到了她眼神中的溫情。

隨後，我把她送回了賓館。

「晚上可能不能陪你吃飯了，你自己安排吧。對不起，我不能告訴我父母，你和我一起到這裏來了。我父母是特別保守的人。」我歉意地對她說道。

「我知道的，你別管我。有空的時候，你給我打電話就是。我這幾天，好好看看你的家鄉。」她說。

「如果你有事情的話，就自己坐車回去吧。離開的時候，給我發一個簡訊就行。」我說。

她搖頭，「不，我要等你一起回去。」

我心裏很是過意不去，但卻又沒有其他辦法，隨即親吻了她一下之後離開了。

可是，就在我從賓館出來的那一刻，卻突然想起了那位道士的話來，內心的恐懼再次湧上了心頭。

回到家裏後，我看見母親正在和孩子玩耍，孩子一見到我，就頓時興奮了起來，「咿咿呀呀」地在朝我一邊叫一邊笑，一雙小手也在朝我伸來。

我急忙去抱起了他，孩子則用手摸住了我的臉。

我內心的恐懼不安頓時消退了許多。

我問母親道：「爸呢？」

「中午回來吃了飯後，就出去了。身上穿得像個新姑爺似的。」母親笑著說。

我也笑了起來，「那是我安排人去給他買的衣服。爸現在的身分不一樣了，得注意形象。媽，您不知道，今天早上我和爸一起去吃油條，那個賣油條的老頭，還以為我很不孝順呢。因為他看到我和爸身上穿的衣服反差太大了。」

母親頓時笑了起來，「其實你爸還是很喜歡穿好衣服的，就是捨不得買。」

聽母親這樣說，我心裏忽然難受起來：馮笑啊，你以前都幹什麼去了？怎麼如此不關心自己的父母呢？

隨即，我對母親說道：「媽，您也抽時間去買幾套好點的衣服吧，我現在有錢了。」

母親笑著說：「我都老太婆了，才不像你爸那麼妖怪呢。」

我笑道：「等爸回來了，我給他說說，讓他陪你去買。我的卡帶在身上的。」

「不用了，真的不用了。我不能穿好衣服，穿上後，連自己的手腳都不知道往哪裏放了。」母親急忙地擺手。

我不想再和母親談這樣的事情了，因為我心裏的那個疙瘩始終還沒有解開。想了想，我忍不住對母親說道：「媽，今天我去龜山了，就是那個道觀那裏。」

「你去那裏幹什麼？」母親問我道，不以為意的樣子。

「就隨便去玩玩。」我說，隨即問她道：「媽，那裏的籤是不是很靈？」

「有的人說很靈，可是有的人又說不靈。反正我也是道聽塗說。怎麼？你也去抽籤了？抽到了什麼籤？」母親問我道。

我不說話。

「怎麼？籤不好？上面說的什麼？」母親頓時著急起來。

這時候，父親回來了，我看見他身上穿的是筆挺的西裝，看上去質地還很不錯，於是，我笑著問他道：「爸，買的什麼牌子的？」

父親笑著說：「都是去我們縣城裏專賣店買的，很貴呢。那個小孫也真是的，一下就給我買了好幾套，西裝、夾克都有，還有領帶、皮鞋、公事包什麼的，花了你不少的錢。」

「花吧，只要您高興。」我笑著說。

「你把孩子抱出去蹓躂一圈，我和兒子說點事情。」父親即刻對母親說道。

母親從我手上接過孩子，「什麼事情啊？這麼神秘？」

「工作上面的事情，你別管。」父親說。

母親笑了笑，隨即抱著孩子出去了。

父親讓我坐下後，對我說道：「現在我才真正明白做生意和我們以前行政工作有多麼不同。你請的這個小孫，很不錯。」

我有些詫異，因為我知道父親一般不會隨便表揚人的，於是，笑著和他開玩笑道：「爸，她對您都說了些什麼？不會因為她陪您去買了衣服，您就這樣表揚她吧？您可要知道，這可是我出的錢呢。」

「我是那樣的人嗎？」父親頓時笑了起來，他當然知道我是在和他開玩笑，「今天，她對我說了很多話，講了很多道理。其中，對今後房屋銷售的事情，她特別講明了道理。她說，我們這地方是個小縣城，大家的關係錯綜複雜。可能今後，我會遇到親戚朋友來找我打折什麼的，這很自然。不過，作為公司來講，最重要的是一視同仁，價格要公平合理，如果照顧一些人又不去照顧另外一些人的話，很可能造成價格的混亂。我覺得，她說得很有道理。在官場上面，只要某個領導有權的話，就會批條子，從來不去考慮什麼公平不公平的事情。所以，我聽她這樣一說，心裏頓時就接受了她的觀點。兒子，看來今後我要學的東西還很多啊。」

「爸，我覺得您需要學的東西固然很多，但是今後，您可能遇到的麻煩也不少。您想想，如果今後您的那些熟人來找您的話，您怎麼辦呢？我知道，您是很講臉面的人，也很在乎別人對您的評價。這件事情，我以前考慮得太簡單了，現在我反倒開始擔心起來了。因為今後，縣裏的某些領導肯定會要求我們給予他們的親戚一定照顧的，在這種情況下，我們也不得不去照顧他們。這樣一來，您的壓力就會更大了。所以，爸，您得提前做好思想準備，好好想想辦法。」我擔憂地說。

父親頓時怔住了，一會兒後才歎息道：「大不了，我今後離開這地方就是。」

我搖頭，「這也不是辦法。我看這樣吧，抽時間，我和孫露露研究一下這件事情。」

父親搖頭說：「你的意思我明白了。領導的親戚是必須要優惠的，但是，我們家的親戚卻不能給他們打折什麼的。因為那樣一來，領導的特權就顯示不出來了。這確實是個問題。我看這樣吧，大不了，今後我把我的工資拿出一部分來，去補貼一下那些親戚。這樣一來，他們也就不會說什麼了。」

我發現父親在這半天裏的變化真的不小，竟然認為給領導特權也是一件很正常的事情了。不過，我覺得他的辦法倒是不錯，但是……

我想了想後，說道：「爸，這樣吧，今後給親戚的補貼部分，我來出錢，您去給就是。您自己掙的錢，您自己留著去花吧，不然的話，您可又成了窮人啦。」

父親笑道：「現在我的想法不一樣了，你是我兒子，你的錢不就是我的錢，我的錢不也是你的錢嗎？哪裏分那麼清楚？」

我大笑。

父親卻隨即問了我一句話：「兒子，你告訴我，這個孫露露和你是什麼關係？我怎麼覺得，她像我兒媳婦似的？」

我被他的話嚇了一大跳，「爸，她有男朋友呢。她男朋友還是我安排的工作。」

父親用懷疑的眼神在看著我，我忽然感覺到自己的話裏有問題，於是急忙又道：「她男友的姐姐是一位員警，以前，趙夢蕾的案子就是她辦理的。她幫過我不少的忙。」

父親看了我一眼，隨即歎息道：「爸是過來人，我什麼看不出來啊？從女人看男人的眼神，就可以知道她和這個男人的關係。算了，兒子，你的事情我懶得管你。你的命不好啊，陳圓現在這個樣子……唉！」

我不禁黯然。

「好了，我們不說這件事情了，說起來讓人心裏難受。」父親又道，「晚上我們喝點酒吧，這樣可能你心情會好些。都怪我，本不該問你這件事情的，主要是，我對你在這個專案投入了這麼多錢的事情很不放心，所以才忍不住問你一下。」父親說。

「爸，您千萬不要讓孫露露認為，您是我派去監視她的。這樣的話，會影響她的工作積極性的。其實，公司的事情我岳父早有防範措施，現在，公司裏的財務總監就是我岳父派去的人。這件事情，您知道就是了。」我說道。

「這樣啊，那我就放心了。」父親說。

剛才，父親也說到了我命不好的事情，他的話頓時讓我再次想起今天在道觀裏面抽籤的事情來，於是，我問他道：「爸，龜山上那個道觀裏的道士，是從什麼地方來的？」

說實話，今天在山上的事情，已經在我內心裏產生了陰影。這件事情太不可思議、太令人感到恐怖了。所以，我心裏非常想解開這個謎團。因為在我的心裏，根本就不相信那些所謂的算命之術。這讓我頓時陷入了一種矛盾的狀態之中，而這種矛盾所帶來的，恰恰是一種恐懼，極度的恐懼。

所以，我非常希望能夠從父親這裏知道一些情況，最好是，能夠解釋這件令人匪夷所思的事情。否則的話，我將永遠地心裏難安下去。

父親詫異地看著我，「怎麼？今天你去那地方了？」

我點頭，「我覺得那地方的道士像妖人一樣，太可怕了。」

父親說：「你講講，究竟是怎麼一回事？」

於是，我把自己今天抽籤的情況，完完整整地告訴了他。當然，我說的僅僅是我自己的情況。

「他們想騙你的錢，這是肯定的。」父親思索了一會兒後說道，「如果從這個角度去看這件事情的話，那麼，一切都好理解了。算命的人，首先得具備起碼的心理學知識，察言觀色是他們最大的本事。」

他說的這一點我完全贊同，而且，我也已經分析到了這種可能，但是……

「爸，那麼，他怎麼可能知道我的胸脯上面有那樣一顆痣？」

父親一怔，隨即搖頭道：「這我就不知道了。很可能是他瞎矇的吧？他們那樣的人，矇到一個算一個的，很偶然的情況。」

我覺得這倒也是一種解釋，但卻並不能讓我釋懷。

「明天早上，你去問問那個賣油條的老頭，可能他可以給你一個讓你滿意的答案。」隨即，父親又說道。

我卻有些迫不及待，「他住在什麼地方？」

「好像是在汽車站旁邊，具體住哪裏，我也不知道。」父親說。

「我馬上去找找。」我說。

這時候，我的手機忽然響了起來，我急忙接聽，「馮醫生嗎？你好啊，我是龍懷望。你還記得我吧？上次我們在省城一起吃過兩次飯的……」

我當然知道他是誰了，「龍縣長，你好。」

父親詫異地來看著我。

在這種情況下，我不好馬上給父親解釋什麼，即刻拿著電話去到了陽台上面。

「聽說你回來了啊？老弟，怎麼不告訴我一聲啊？你這樣不對吧？」龍縣長對我說。

我歉意地道：「我這次回來，主要是來看父母的，待的時間不長，過幾天就要回去了。龍縣長，我主要還是考慮到你的工作太忙了，所以，也不好來打攪你。抱歉啊。」

「再忙也得請你吃頓飯不是？我要謝謝你對家鄉建設的大力支持呢。這次要不是你的話，江南集團是不會把資金投到我們這裏來的。」他笑著說。

這次舊城改造的事情，最後是以江南集團的名義投資的，合同也是林易出面簽署的，只不過，真正操作這件事情的幕後人是我罷了。

這件事情我沒有告訴龍縣長，同時，也讓孫露露不要聲張。其實，我主要是考慮到小地方未來可能會出現的一些麻煩，比如，在我決定讓父親出任總經理後，可能會遇到的那些麻煩事情就是其中之一。

聽他這樣說，我急忙地道：「應該的，家鄉是養育我的地方嘛。能夠為家鄉的建設做些事情，是我的責任和榮幸。」

我發現自己竟然在不知不覺中，也和他一樣說起官場上的話來了，心裏頓時覺得有些彆扭。

他卻在笑道：「呵呵！我們就不要這麼客氣了。怎麼樣？晚上有安排嗎？我想請你和你父親吃頓飯，還有那位孫露露女士，可以嗎？」

我頓時為難起來，「這……龍縣長，我問了我父親再說。好嗎？」

「你父親是老同志了，他肯定會答應的。剛才，我已經給孫董事長打電話了，她已經告訴了我，你父親將出任總經理的事情。你這樣的安排太好了！這樣的話，專案的事情就要好辦多啦。林老闆真是聰慧之人啊，選中了你這樣的好女婿。就這樣定了啊？孫露露女士那裏，我基本上都說好了，晚上我們就一起好好聊聊吧，老哥我很想和你交朋友呢，也順便談談工作上面的事情。」他笑著說。

我不好拒絕了，隨即回到客廳去問父親。

我捂著手機的聽筒處，道，「爸，龍縣長想請您和我，還有孫露露一起出去吃頓飯，您看……」

「他現在請客，我們肯定要去的啊，怎麼好拒絕人家？」父親說。

我這才答應了下來，「好吧，謝謝你，龍縣長。」

然而，讓我沒有想到的是，就在那天晚上，龍縣長卻給我出了一個大大的難題——他竟然要和我結拜兄弟！

第七章

複雜的結拜關係

江湖上結拜的目的往往是為了義，
但當這種結拜蔓延到政治領域後，這結拜就變了味。
官場上的人所謂的結拜是非常虛偽的，有害無益。
你是醫生，他是官員，永遠都是他找你的麻煩，
他目的只有一個，就是需要利用你的關係。

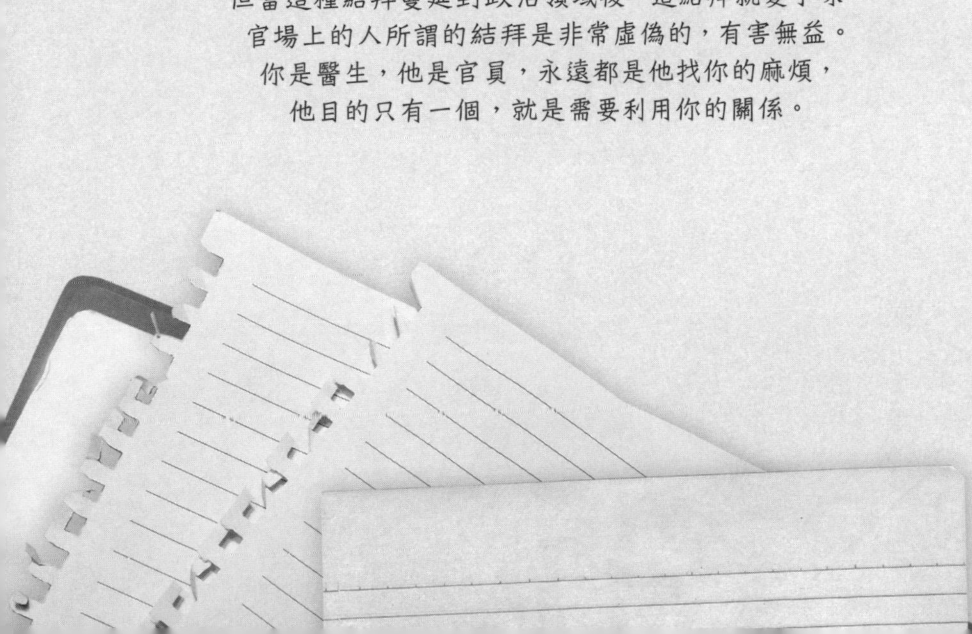

當天晚上，龍縣長是在縣城最好的一家酒樓請我們吃的飯。

當時，政府那邊參加晚宴的人只有他和縣府辦主任。

而我們這邊是我和我父親，還有孫露露和董潔。

孫露露帶董潔來參加晚宴，我覺得非常應該，畢竟董潔已經是她的助理了。

看來，孫露露很有角色意識，她肯定是想借這個機會讓董潔熟悉一下這裏的領導。

「是你告訴龍縣長我回來了的？」我悄悄問孫露露。

這件事情我有些疑惑，因為我自己並沒有主動給龍縣長打電話，而且，回來後，我一直很低調，應該不會有官場的人知道我的行蹤。

然而，她卻在搖頭。

我突然想起康得茂剛才打來的那個電話，即刻恍然大悟。

無須多想，肯定是康得茂偷偷通知了龍縣長。

這傢伙！我不禁苦笑。

「我父親擔任公司總經理的事情，是你告訴他的吧？」我又悄悄地問孫露露。

她點頭，「我是想讓你父親儘快進入角色，今天正好是一個好機會。」

我也點頭，現在我才真正地發現孫露露確實很能幹。有的人就是這樣，可能他在原先的位置上一直默默無聞，但是一旦到了一個適合他的位置後，就會迸發出所有的智慧來。

今天晚上我才真正感覺到了龍縣長的酒量。他帶來的那位辦公室主任就不說了，酒量應該更加厲害。

父親開始的時候還有些拘謹，畢竟龍縣長是他的領導。但是在龍縣長頻頻給父親敬酒之後，父親就開始變得隨便了起來。

後來龍縣長談到了專案的事。他說：「我知道專案目前開展得比較困難，責任在我們縣裏。說到底還是我們某些幹部，不，是大多數的幹部思想保守、僵化造成的。我知道你們的難處，其實我何嘗又沒有困難呢？來，我敬你們大家，希望你們和我一起克服困難，儘快把專案啟動起來。來，乾杯！」

我看得出來他很激動，也感覺到了他的無奈。但是我知道，作為政府的第一把手，他的話中所包含的能量。

父親忽然說了一句：「龍縣長，我很佩服你的，至少你在做事情，並且知道自己在做什麼事情。這已經很不容易了。」

我覺得父親的這句話顯得有些不倫不類。龍縣長也在「呵呵」地笑，很明顯，他有些不以為然。

父親卻神情嚴肅地繼續說道：「你們可能還有些不大明白我這句話的意思。其實你們仔細想想看，現在的官員有多少人能夠真正做到這一點呢？喜歡做事表明的是工作態度，知道自己在幹什麼，卻是一個官員是不是隨時保持清醒的頭腦啊。龍縣長，你到了我們這裏後提出了舊城改造的事情，這其實就是為了長遠的發展考慮。雖然目前還有很多的困難，但是你在想辦法克服它們，這就已經很了不起了。」

龍縣長大笑，「老同志就是老同志啊，說出來的話就是不一樣。很有哲理。謝謝！我今天受教了。馮叔叔，您是長輩，我這樣稱呼您可以吧？」

父親這才開始惶恐起來，「龍縣長，你別這樣稱呼我，我可不敢當。」

龍縣長笑道：「尊老愛幼是我們中華民族的美德。您兒子和我是朋友，您當然就是我的長輩啦。馮叔叔，您可要告訴我嗎？這做人與當官最需要的是什麼？」

父親這才恢復到了自然的狀態。我知道，其實這裏面也有酒精的作用。父親是老同志，他有著我們大多數中國人一樣的常態：怕官，畏懼領導。

父親說：「你是縣長，這樣的東西應該比我悟得透。」

「您是老同志，我要多向您學習。馮叔叔，現在您是總經理了，舊城改造的專案今後需要您親自實施。如果以後有什麼困難的話就直接來找我吧。現在我雖然是縣長，但是從個人的經歷上來講，還是很欠缺一些東西的。您是老同志，多多教教我們這些年輕人，我們會感激不盡的。您看，今天您兒子，還有孫董，這位是……」他指著董潔說。

董潔的臉頓時紅了，我估計是她第一次參加這種宴會的緣故。

「我的助理，她叫董潔。」孫露露替她回答了。

「嗯，還有小董。」龍縣長朝董潔微笑了一下，隨即繼續對父親說道：「您看，今天在座的都是年輕人，您說說您對人生的感悟，我們大家可是會受益匪淺的。」

我覺得龍縣長也許並不是真正想問我父親這樣的問題，但是有一點我是明白的：他這樣做的目的其實也是一種奉承和尊重。

父親只好說了，「其實很簡單，那就是做任何事情都要有底線。大家說說我們中國現在最缺什麼？我看最缺的就是底線。這很可怕。一個人，沒了底線就什麼都敢幹。一個社會，沒了底線就什麼都會發生。沒有了底線，企業就會弄虛作假，學者就會指鹿為馬，官員就會貪贓枉法，員警就會刑訊逼供，法院就會草菅人命。所以，不管一個人是做什麼的，都應該講求底線。做生意，明碼實價，童叟無欺；做學問，言之有據，持之有故；做官，不奪民財，不傷無辜；做人，不賣朋友，不喪天良。很簡單，就是看我們是不是這樣去做。」

龍縣長頓時讚歎：「說得太好了，我今天受益匪淺，真有一種醐醍灌頂的感覺。太感謝了！」

他畢竟是縣長，所以桌上大家都還比較拘謹，所以幾乎都是他在主導整個飯局的場面。我雖然並沒有拘謹的感覺，但是因為父親在這裏，所以我也就很少說話了。

有自己的上級或者長輩在場的時候最好少說話，否則的話就叫僭越。風頭都讓你出盡了，領導和長輩豈不是會很尷尬？所以，擺正自己的位置才是最重要的。我們生活中的為人處世並不需要事事都要有人教，關鍵的是要靠自己去感悟。

孫露露也很少說話，她一直都是用微笑在傾聽。很明顯，她也很懂規矩。董潔當然就更不說話了，也許是因為羞澀或者拘謹。那位辦公室主任也只是偶爾插一句話，而且他每次插話的時候都是在氣氛即將冷卻下來的那個當口。我看得出來，這位縣府辦的辦公室主任更是一位明白人。官場上的人比一般老百姓更懂規矩，什麼時候稍息、什麼時候立正搞得比常人更清楚。

吃完飯後龍縣長親自送我們出門。去到酒樓外邊後，他對父親說：「馮總，我想和馮醫生聊點其他事情，可以嗎？」

父親很明顯地還不適應他的這個新稱呼，所以他頓時怔了一下，隨即才反應了過來，「你們去談吧。」

我也沒想到龍縣長對我父親的稱呼變化得這麼快，不過轉念一想就明白了：他畢竟是這裏的縣長，公私必須分清。而且縣城就這麼大，很多事情馬上就會傳言出去的。

父親既然答應了，我也就不好多說什麼了，於是去吩咐孫露露送我父親回家。孫露露對我說：「車已經給他準備好了，就是公司的那輛賓士。現在正在招聘駕駛員，過幾天就方便了。」

我點頭，真誠地對她說道：「謝謝，你考慮得真周到。」

「你不用謝啊，這是工作。」她朝我嫣然一笑。

我頓時感覺到她的笑對我有一種極大的殺傷力，讓我不敢再去直視她的眼睛，即刻轉身去對龍縣長道：「我們去什麼地方？」

「就旁邊，那裏有一間茶樓，環境還不錯。」他笑著對我說。

於是我們就朝他說的那家茶樓走去。

現在的天氣慢慢在回暖，酒後走在縣城的大街上感覺很舒服。街上的人明顯比平常多了，一路上不斷有人在朝龍縣長打招呼，他都是微微一笑過後不再去理會他們。一路上沒有任何人給我打招呼，我想肯定是因為我離開這裏很久了的緣故，頓時感覺到自己就像他的秘書似的。

這次回到家鄉後有了一種對家鄉非常陌生的感覺。我發現，很多二十來歲的年輕人自己都不認識了，頓時想起自己離開這裏去上大學的時候，他們也就十來歲的樣子，當然不會認識他們了。由此產生一種滄海桑田的感覺，頓時覺得人生還真的如夢般的在飛逝。

這家茶樓還真的不錯。就在江邊，是一處吊腳樓。下面是「嘩嘩」流動著的江水，只聞其聲不見其形，不過坐在這裏的感覺很不錯。

我們坐的當然是一個雅室。一壺龍井，兩隻茶杯。茶的清香撲面而來，讓酒後的我頓時清爽了一下。現在我才覺得小縣城的日子也很不錯，如果沒有繁雜的事情的話，每天到這裏來泡上一壺茶，然後靜靜地坐在這裏品茗、聽江水倒也是一件非常愜意的事情。

龍縣長在朝著我笑，「小老弟，你對哥哥我有意見啊。」

雖然他的話裏面帶有責怪的意思，但是他的表情上卻什麼都沒有。我想，他這可能僅僅是為了打破我們這種開始的沉默罷了。於是我說道：「對不起，我真的是不想給你添麻煩。」

「你這就是客氣話了嘛，上次在省城的時候你和康秘都請我們吃了飯，而且還促成了這麼大一件事情，無論從哪個角度講我都應該感激你才是啊。」他說。

我淡淡地笑：「龍縣長，你太客氣了。康得茂這傢伙也真是的，我又不是官員，只是回家探親，何必驚動你呢？」

他搖頭道：「馮老弟，你這就不對了嘛，我覺得康秘有一點比你做得好，那就是他每次回家來都會給我們打個招呼。即使他現在是黃省長的秘書了，但一樣地和我們保持著緊密的聯繫。我這個縣長只是一個頭銜，其實我更希望能夠和你們這樣的青年才俊成為私下的朋友啊。馮老弟，我可是很欣賞你的，你老弟年輕有為，而且對人熱情。我看得出來，你這個人不但為人豪爽，而且還很有原則。所以，我很願意交你這個朋友。不知道你覺得老哥我值不值得你交往？」

他這樣一表揚我，我就覺得有問題了，俗話說，欲取之，必先予之，像他這樣的官員絕非無緣無故地奉承一個人，而且現在是他單獨把我叫到這裏來喝茶，談及的話題又僅僅是兩個人私交之事，所以我頓時注意了起來。

上次在省城的時候，康得茂已經把我的所有情況都暴露了，所以我覺得今天龍縣長找我單獨談事情，必有所求。

有些事情是無法迴避的，更是沒辦法拒絕的。所以我覺得與其在心裏猜測，還不如直接把事情挑明的好。我不想兩個人老是這樣猜謎似的耽誤時間。因為我忽然想起余敏一個人在賓館裏面。她對我家鄉這個地方不熟悉，一個人忽然到了一個陌生的環境後會感到孤獨的。

「龍縣長，你有什麼事情的話，就直接對我講吧。只要我能夠辦到的，就一定會盡力的。不過我只是一個小醫生，可能在能力或者範圍上很有限。如果我沒辦法幫你的話，還請你多多原諒啊。」於是我說道。

他卻頓時笑了起來，「沒事情。你好不容易回來一次，我怎麼可能給你添麻煩呢？」

這下我頓時糊塗了：那他這是唱的哪一齣？我疑惑地看著他。

他笑了笑後說道：「馮老弟，我知道你在省裏面有不少的關係。說實話，在我們全縣你可要算是最傑出的人才了。你的岳父是我們江南的首富，而你在官場上又有那麼多的關係。關鍵的是你行事低調，雖然只是一個醫生，但是卻有著很多官員沒有的能量。老哥實話對你講吧，我真的很想交你這個朋友。也許時間長了你就瞭解我這個人了，我喜歡做實事，不喜歡幹那些虛頭花腦的事情，如果你覺得老哥還值得交往的話，我們完全可以成為好朋友，今後互相之間也好有個照應。老弟，不知道你明不明白我的話？」

他的話我覺得自己聽得很明白了，但是我卻感覺到他內心的猶豫和緊張，因為他的話裏面與前面講的內容有所重複。

要知道，他是縣長，能夠到他這樣位置的人絕對口才一流，根本就不應該像這樣出現話語重複的現象。由此我覺得他肯定並沒有完全說出他內心最真實的想法。或許是我剛才不應該直接把話挑明了，讓他有了一種戒備或者尷尬。

於是我笑著對他說道：「龍縣長，你如果有什麼事情的話就直接說好了。真的，我們也算是老熟人了，沒有必要那麼客氣。你說是嗎？」

他頓時很高興的樣子，「既然老弟都這樣說了，那我也就直言啦。老弟，你知道現在做事情要成功的話，採用什麼方式最好嗎？」

我搖頭道：「這個問題太大了吧？成功做成一件事情的因素是很多的，比如人際關係是否協調，資金是否雄厚，機遇是否把握得當等等，總之，只要占了天時地利人和，那就什麼事情都會變得容易了。」

他點頭道：「很有道理。天時，指的是機會或者機遇，俗話說成事在人謀事在天，如果上天不幫忙，即使再努力可能也是白搭。地利指的是我們所處的環境和位置，比如我，現在在縣長的位置上，再比如你，有著巨大的社會資源。人和說的其實就是人際關係了。對於你我來講，我能夠到現在這樣的位置，你能夠發展這麼順利，這本身就說明了上天是在關照我們的。你說是不是？現在你岳父的公司到這裏來投資，我相信其中也會有你的股份，而我是這裏政府的主要官員，完全有能力讓你們的投資順利進行並有所回報，這就是地利了。現在我主要想和你談的是人和的問題。

「老弟啊，我對你說實話吧，我能夠坐到縣長的位置，除了自己的能力之外，當然也有著自己的背景和關係了，現在當官的哪個又沒有自己的背景和關係呢？不過我還希望自己能夠有更大的進步，但是我現有的關係和背景已經無法幫助我了，因為我的背景和關係達不到那樣的程度。

「呵呵！你不要誤會我的意思啊，我的意思是說，我很希望能夠在你的關照下更上一層樓。這當然是我的私心，不過我更希望讓自己達到一定的高度後去做更多的實事，人生苦短，如果能夠在自己有限的生命裏更人地實現自己的人生價值，更多地為老百姓服務，這又何樂而不為呢？

「現在官場裏的有些事情雖然讓人厭惡，但是我們卻不得不按照潛規則去行事，這是沒有辦法的事，畢竟個人的力量無法改變很多東西，但是我總可以通過自己的權力範圍去影響自己管轄的那一部分吧？老弟，我的話說得很直，希望你不要見怪啊。」

我發現他的觀點與康得茂很相似，心裏不禁想道：難道現在的官員都是這麼無奈麼？我隨即笑了笑，然後對他說道：「我很理解，其實這也是我不願意從政的原因之一。我覺得太累了。」

他很高興的樣子，「是啊，確實很累。不過官場也有官場裏面的樂趣。其實官員也是人，也有常人的情感。老弟，你知道現在的人們時興做什麼事情嗎？我告訴你吧，結拜！很多官員之間，官員與商人之間，商人與商人之間都有著特殊的關係，而維繫這種特殊關係的形式就是結拜。這樣的事情雖然不能擺到台面上來，但是卻非常的有效。當然，我不希望這種關係是為了誰利用誰的目的，更希望兩個人之間有著真實的兄弟情感，在今後的共同事業中互相不遺餘力地互相幫助，讓我們每個人都能夠實現自己心中最遠大的理想，這才是最根本的目的。老弟，我的話你明白了嗎？」

他都說到這個程度了，我怎麼會不明白？現在我已經完全明瞭了：他是想和我結拜。

現在擺在我面前的難題是，我不可能直接拒絕他，因為我們的專案在他的手上。曾經聽林易告訴過我一句話：千萬不要以為官員會講誠信。現在最不講誠信的就是那些官員！

很明顯，假如我現在直接拒絕了他的話，接下來肯定就是專案的難以開展。作為官員，我面前的這個人完全可以找到合理的說辭去說明我們投資的失敗。「官」字兩張嘴，道理是任憑他們去說的。

可是，再頭痛我也得馬上答覆他的問題。這件事情我已經無法迴避。我笑道：「龍大哥，呵呵！今後我在私下的時候就這樣稱呼你吧。好嗎？」

他大喜，「太好了！」

我繼續地說道：「龍大哥，我覺得朋友之間不需要去講那些形式。只要大家感情到位了，互相幫忙是完全應該的。龍大哥，你是官員，有些事情你那樣去做的話，萬一傳出去了對你的影響並不好。剛才我聽了你說的關於你的理想方面的話，我覺得你這方面和康得茂很相像。你們都是那種想幹實事的人，只不過是在現有的體制下不得不去遵從於那種潛規則，這我完全可以理解。說實話吧，在我所遇見的官員中，很少有像你和康得茂這樣的，因為你們有一個共同的地方，那就是真心實意地想為老百姓辦事情，說起來你們也算是目前官場上的另類了。呵呵！不過像你們這樣的另類，老百姓歡迎啊。既然你們是另類，那就不應該和那些凡夫俗子一樣去搞那些虛頭花腦的事情，你說是吧？」

他正準備說話，我即刻地又道：「龍大哥，你放心，今後如果你有什麼事情需要我替你辦的話，只要我能夠做到的，刀山火海我也去。龍大哥，我看得出來你和康得茂的關係不是一般，你可以去問問他我這個人做事的原則。龍大哥，這次江南集團能夠到我的家鄉來投資，這其實也是你和我共同努力的結果，這就已經證明了我們配合得不錯了啊。你說是吧？」

剛才，我在和他說這番話的時候，一直在注意他的神情。最開始的時候他的臉色有些不悅，但是慢慢地就變得柔和起來，特別是在我提到自己與康得茂關係的時候，他臉上的笑容就慢慢地展開了，到最後，當我向他保證的時候，他已經是喜笑顏開的狀態了。

我頓時長長地舒了一口氣。

我說完後他歎息道：「老弟真是好口才。老哥我佩服萬分。不過我覺得你說得很對，看來是我俗氣了。呵呵！我看這樣，什麼時候約上得茂，我們三個人在一起好好喝頓酒。下次到省城後我來做東，我們在一起好好聊聊。」

我急忙地道：「龍大哥，你這樣就見外了。既然大家是朋友，是兄弟，那就不應該太見外才是。你是大哥，到了省城後我和得茂都是當兄弟的，怎麼可能讓你做東呢？雖然你是公款消費，但這涉及到兄弟感情的事情，所以在省城你根本就沒有做東的機會了。比如今天，你看我有去結賬的意思嗎？這是你的地盤，我肯定要聽你的不是？」

他大笑，「有道理！」

現在我完全地放心了，所以並不在乎在口頭上說什麼兄弟感情的事情。其實在我的心裏還有一樣無法改變的東西，那就是總覺得一旦真正結拜了的話，就會有一種被捆綁了的感覺。雖然結拜也就是一種形式，最多也就是多了一道磕頭的程序。但是這道程序的威力卻非常巨大，因為我的心裏把磕頭的事情看得太神聖。

隨後，我們又閒聊了一會兒，後來我說道：「龍大哥，我孩子還在家裏。這小傢伙看不見我就會發脾氣的，我得早點回去。說好了啊，下次大哥你到省城來之前，一定要給我打電話通知一聲才行哦。到時候我通知得茂，我們好好喝頓酒。」

他連聲答應。

我們分手後我雖然覺得輕鬆了不少，但是心裏卻忽然覺得莫名其妙的悶，心慌得厲害。

回到家裏後，發現父親還沒有睡覺，他在沙發上坐著抽煙看電視。我知道他這是在等我。

「龍縣長找你說什麼事情？」父親問我道。

我覺得自己不應該把今天晚上的事情瞞住父親，於是把剛才龍縣長想要和我結拜的事情告訴了他。

「你答應了？」父親問道。

我搖頭，「怎麼可能？我和他並不十分熟悉，更不瞭解他的為人。怎麼可能答應呢？」

「他知道這個專案是你投的資？」父親詫異地問道。

我笑道：「他當然不知道，不過這個人很聰明，他估計到了我可能在裏面有股份。不過這樣也好，我想他今後會大力支持的。一方面他對我有所求，另一方面這也是他的政績工程。」

父親點頭道：「是這樣的。兒子，你成熟多了，我很欣慰。」

我也很高興，「爸，您也覺得我這樣處理是對的？」

父親點頭道：「是，只能這樣處理，你處理得很好。江湖上結拜的目的是為了義，但當江湖上的結拜蔓延到政治領域之後，這種結拜就變了味。官場上的人所謂的結拜是非常虛偽的，有害無益。你是醫生，他是官員，永遠都是他找你的麻煩，很明顯，他的目的只有一個，那就是需要利用你的那些關係。」

我點頭，「是的，我很清楚這一點。」

父親長長地歎息了一聲，「哎！現在的官員啊，怎麼變得這麼唯利是圖了呢？本來我對這個人還很有好感的，想不到他也是那樣的人。」

我急忙地道：「爸，您一定要習慣目前的這種現狀。今後千萬不要和那些領導太較真。」

父親依然歎息，「我已經徹底失望了。不過你放心，我會處理好各種關係的。」

我這才放下心來。

第八章

全市掃黃日

我攬住她的腰，進入電梯，即刻相擁、相吻。
她美麗的面容讓我早已陶醉。
可以想像接下來的一切將會如何的美妙。
但是當我們下車的那一刻，就落入便衣員警的眼裏。
因為根本想不到今天晚上是一個非常特別的日子。
全市掃黃。

中午的時候我和余敏一起吃了頓飯，然後坐在江邊的一處茶樓裏喝茶聊天。

正說著，忽然聽到電話在響，拿出來看了後發現是一個陌生的號碼。最近幾天我的電話很少，有時候在內心裏面反而希望能夠有電話進來，所以，我即刻接聽了這個電話。只有我自己知道自己的內心：其實我根本就耐不住寂寞。

「你好，誰啊？」我問道。

「馮笑，你過分啊！我是羅華。你竟然不存我的號碼。」電話裏傳來了一個生氣的聲音。

「啊……對不起，我沒看來電顯示就接聽了。」我急忙地道。

「晚上一起吃飯吧。有空嗎？我可是把同學都約好了。」她說。

「這……我來請客吧。」我說。說內心話，我很不想參加這樣的聚會，因為我已經很多年沒有和家鄉的同學聯繫了，早已經變得生疏和陌生。

「不用你請客啊，你是客人呢。」她說，「說好了啊，今天我老公請客。」

「你老公是誰？」我問道。

「你認識的啊，在省城的時候他和你一起吃過飯的。」她說，「馮笑，我想不到你現在這麼厲害了啊，竟然是我們江南第一首富的女婿，而且和省長都認識。今後你可要多幫幫我們這幫老同學哦！」

我很是詫異，「你老公究竟是誰啊？那天我們一起吃飯的可不止一個人呢。」

「晚上你來了就知道。呵呵！我老公聽說你回來了，很想請你吃頓飯呢。」她笑著說。

不知道是為什麼，我腦子裏頓時就想起了一個人來，那位廣電局長。所以，我覺得自己必須弄清楚才行，問道：「你不說的話我就不來了，我本來還有其他事情的。」

「好吧，我告訴你。我老公叫彭中華，現在是我們縣裏的廣電局長。你記起來了吧？」她說。

我頓時愕然，因為我想不到事情竟然這麼巧。轉念一想便覺得也不是太巧——我家鄉的這個縣城就這麼大，在這裏工作的同學也不少，曾經的某個同學正好是那位廣電局長的老婆也很可能。遇巧的是我和余敏正好看到了羅華和那個男人的事情。不知道是為什麼，我並沒有覺得自己看到了羅華的那件事情而對那位廣電局長幸災樂禍，我頓時覺得這樣的人更加悲哀。

我猶豫了一下說道：「這樣吧，我一會兒給你回電話，看我那邊能不能推脫。」

「不行，你必須推脫，同學們都想見見你呢。」她說。

「儘量吧。」我說，隨即果斷地掛斷了電話。

「你很受歡迎啊。」余敏笑著對我說。

我搖頭道：「我很不想參加這樣的聚會，但是又不好推辭。」

「可以告訴我嗎？是什麼人？」她問道。

「就是昨天我們看到的那個女同學。她男人是這裏的廣電局長，我在省城的時候見過那個男人。開始的時候他覺得我就是一個小醫生，所以很傲慢。還有其他幾個局長也是那樣。我很厭煩那樣的人。今天晚上是那位廣電局長請客，你說我去幹什麼？他這完全是綁架我嘛，用我那些同學來綁架我。」我煩悶地說道。

她頓時笑了起來，「我看啊，你那位女同學的老公可能是醉翁之意不在酒哦？」

我愕然地看著她，說道：「你的意思是？」

「對不起，你的電話聲音太大了，剛才你電話裏對方說的話我都聽見了。很明顯，那位廣電局長很想結識你，因為你的身分，不是醫生的那個身分。」她說。

我恍然大悟，心想真是旁觀者清啊。不過我忽然想到余敏的說法也不一定對，我頓時意識到了一點：羅華的老公肯定是朝著舊城改造的事情來的。因為對於一個縣級的局長來講，他的級別太低，不可能希望通過我的關係得到提拔什麼的。唯一可以解釋的是，這位局長很可能是希望能夠在這次的舊城改造專案上分到一杯羹。

我頓感頭痛，心裏拿定主意今天不去參加這樣的聚會了。

可是，我能找個什麼樣的理由呢？

「你幫我出個主意，怎麼才能夠推掉今天晚上的事情？」我去問余敏道。

「你和這裏的領導熟悉嗎？如果熟悉的話，你就說今天被領導請了，你沒時間。」她說。

我大喜，「這個主意不錯。」可是隨即又覺得不妥當，「但是明天呢？後天呢？萬一她說改時間怎麼辦？」

她搖頭，「唯一的辦法就是你趕快離開這裏了。」

我不禁苦笑，「我才回來兩天呢，不可能這麼快就回去的。我好不容易請了半個月的假，很難得的機會啊。」

「那就沒辦法了，你只有去參加了。到時候你什麼都不要答應，拚命喝酒，然後假裝醉倒就是了。」她笑著說。

我再次苦笑，「也只好這樣了。」

半小時後羅華又打電話來了，「怎麼樣？沒問題了吧？」

「好吧，在什麼地方？」我問道。

她隨即告訴了我，竟然是昨天晚上龍縣長請我吃飯的地方。頓時明白了：在我們家鄉，那地方應該是最好的酒樓。

「余敏，不好意思，我今天又不能陪你了。」於是我苦笑著去對身旁的她說道。

「沒關係，剛才我也想了，乾脆我明天回去算了，我在這裏反而讓你不方便。畢竟我不是你老婆，見不得人。」她說，神情淒婉。

我心裏很內疚，但是卻又不知道怎麼去對她說。她說的是事實，我確實無法帶她一起去參加同學的聚會，因為她畢竟不是我的老婆。我和她的這種關係是見不得光的，特別是在我家鄉這樣的小地方。

由此我想道：羅華前面在電話上特別提示我說今天晚上是她老公請客，她的意思也應該很清楚：希望我不要把昨天看到的她和那個男人在一起的事情告訴別人。雖然她並不知道我和余敏看到了她和那個男人在岩洞的那一幕，但是她心裏是忐忑的。

我只好說：「這樣也好。余敏，我也是沒辦法，畢竟這是我家鄉，希望你能夠理解。」

她頓時笑了起來，「沒什麼，我早已經習慣了，看來這都是命。」

正說著，我的電話再次響了起來，我一看，竟然是林易打來的。

「馮笑，你現在是在老家吧？」他問我道。

「是啊。」我說。

「可能你得馬上回來，把孩子帶著一起回來。」他又道。

「出什麼事了？」我問道，心裏暗自納罕。

「聽保姆說，今天她看見小楠流淚了。」他說。

我大喜，同時也感到震驚，「真的？」

「我再三問過了她，她說得很肯定，於是我就馬上把小楠送到醫院裏去了。但是她現在還是像以前的那樣，醫生說根本就沒有醒來的跡象。我想，保姆是不可能說謊的，因為她沒有必要開那樣的玩笑。」他說。

我心裏頓時黯然，「那你覺得怎麼解釋這件事情？」

「我覺得小楠對周圍的環境還是有所感覺的。比如你離開了，孩子也離開了，她感覺到了。不然的話怎麼會出現這樣的情況？」他說，「你是醫生，你應該比我更明白其中的原因吧？」

我頓時默然。我覺得他說的應該是正確的，不然怎麼解釋陳圓流淚的事情？

「我馬上回來，把孩子帶回來。」我說。

我和余敏分別開了一半的路程，交換著抱孩子。一路上大部分時間在晚上，我們開車的速度比較慢，更很少看外面的風景。

到省城的時候已經是深夜，余敏送我回的家，這是她第一次到我家來。我們餓壞了，在路上只是簡單地吃了點東西。孩子最幸福，因為他無憂無慮。

我讓保姆做飯，隨即將孩子放到了他的小床上。陳圓在醫院裏，我準備明天一大早去看她。

余敏站在我身後，她來到了我的臥室。「這是你老婆？」她看著牆上我和陳圓的結婚照問道。

我點頭，隨即也抬頭去看。那時候的我們很幸福，雖然當時趙夢蕾還在看守所裏，但是照片上的我是在笑著的，而陳圓卻是那麼的美麗，照片上的她像仙女一般的散發出迷人的光彩。

余敏歎息，「真好……可惜……」

我當然知道她話中的意思，頓時默然。

保姆做的麵條，她歉意地對我說道：「姑爺，家裏沒菜，你不在，我每天只買很少的菜。」

「我不在你也應該多做幾樣菜吃啊？」我責怪她道，隨即問她：「你真的看到陳圓流淚了？」

「是啊。」她回答說，「今天中午的時候我去給她抹身子，忽然看見她眼角有眼淚在流出來，還流了很多的眼淚，就好像是正常人在哭的樣子。不過她的眼睛是閉著的，當時我嚇了一跳，急忙叫喊她：小姐，小姐！你醒來了？太好了！可是，她卻沒有答應我，我急忙去將她的眼淚揩乾淨，想看看她是不是還會流淚。可是，她後來又沒有了任何的反應，我這才急忙去給林老闆打電話的。」

雖然我早已經知道了這件事情，但是現在聽到她親口說了之後仍依然感到驚訝，不過我覺得還有一種可能性：或許這僅僅是一種偶然，比如她的眼睛受到了某種刺激。於是我問她道：「你看到的是她一邊的眼睛在流淚呢，還是兩邊同時在流？」

如果是一邊在流淚的話，就很可能是她的一隻眼睛受到了某種刺激，要知道，正常人都是兩隻眼睛同時流淚的。

「是兩邊同時都在流。我給她揩眼淚的時候看得清清楚楚。」保姆回答說。

我頓時激動起來，因為保姆的話表明了一點：陳圓確實有過短暫的甦醒過程。

這太好了！現在，我不得不去想另外一個問題：究竟是什麼因素造成了她短暫的甦醒呢？難道真的是如同林易所講的那樣，是因為我和孩子的離開嗎？

不，不是因為我的離開，應該是孩子。我即刻這樣認為。要知道，以前我可是經常不回家的啊，而孩子卻天天在她的身邊。還有，她以前在懷孕期間，對孩子可是充滿著很大的期待的。也就是說，孩子才是她心中最重要的。這是她一直以來給我的感覺。

說實話，我真想現在就把孩子帶去醫院，去到陳圓的面前。可是……現在已經太晚了。

「你快吃啊。」余敏在對我說，我忽然從沉思中清醒了過來，碗裏的麵條已經結成一縷縷的了。

「余敏，你也早點回去吧。對不起，你住我這裏不大方便，明天一大早我還要去醫院。」我說。

「我可以去看看她嗎？」她問道。

我搖頭，「不要。」

她不說話了，默默地吃完了麵條，然後站了起來，「那我走了。」

我忽然有些不忍，但卻依然硬著心腸對她說道：「注意安全，太晚了。」

她沒有應聲，默默地走出了我的家門。

洗完澡後即刻去睡覺，將孩子的小床拉到了我的床邊。孩子已經熟睡，模樣很可愛，我在心裏對孩子說：你要是能夠早些說話就好了，也許你叫她一聲「媽媽」的話，她很可能就會醒過來的。

歎息了一聲然後關燈睡覺。我感到很疲倦，可是卻一時間睡不著。我在想上次做的那個夢：陳圓凝視著我的那雙眼睛。

我在想：當時她不會是真的起來了在看我吧？

一夜無夢。我太疲倦了。

第二天竟然第一次晚起，自己的生理時鐘也出現了罷工的現象，後來還是孩子的哭聲把我吵醒了。

孩子的哭聲是從客廳裏傳來的，我霍然驚醒，披衣起床。

「怎麼了？」去到客廳後我問保姆道。

「好像有點發燒。」保姆說。

我急忙去摸孩子的額角……可不是嗎？真的有些燙。

「我馬上送他去醫院。」

「姑爺……」保姆看著我欲言又止。

我問她：「怎麼了？說吧？」

她說道：「姑爺，我覺得孩子經常去醫院不好。」

「最近我碰到這個社區裏的其他幾個當保姆的，她們都這樣說，說孩子如果一生病就往醫院送的話，很可能形成習慣。有個保姆說，她主人家的孩子有次也是發燒，結果一送到醫院就好了，還沒用藥就好了，結果把孩子抱回來後又開始發燒。」

我覺得她說的倒是實情，因為這樣的情況確實很常見，而且孩子生病也不一定非得要送到醫院裏去，特別是像我這種本身就是醫生的情況。

「我想去看孩子的媽媽，順便把孩子帶去。」我說。這本身就是我今天想要做的事情，不然我這麼遠把孩子帶回來幹嘛？

「哦。」她說。

我覺得自己家裏的這個保姆倒是很不錯，以前聽別人講家裏的保姆最難找到好的，總是覺得保姆有這樣或者那樣的問題。我覺得自己的運氣還真不錯。不過我仔細一想，覺得這事都是林易細心的結果，所以在心裏對他更加充滿著一種感激之情。

保姆給我煮了醪糟湯圓，還加了一個雞蛋。我吃完後帶著孩子去到醫院。

我到醫院的時候，林易和施燕妮早已經在那裏了。施燕妮即刻從保姆那裏接過了孩子。我很不好意思地對林易說：「昨天晚上回家的時間太晚了，今天睡過了頭。」

林易微微地笑了笑，說道：「我知道你很累，所以沒打電話叫醒你。你進去看看小楠吧，抱著孩子，和她說說話，看能不能喚醒她。醫生說了，如果她真的流淚了的話，被叫醒的可能性很大。」

我即刻進入到病房裏，懷裏是我和陳圓的兒子。

抱著孩子去到陳圓的病床前，孩子竟然忽然發出了「依依呀呀」的聲音，他那雙小手不住在動，身子在我的懷裏奮力地朝陳圓的病床方向掙扎。我心裏頓時一動，急忙蹲下身去，任憑孩子去到陳圓那裏。

孩子的手即刻去到了陳圓的臉上，他在輕輕地撫摸陳圓的臉，嘴裏發出「咯咯」歡快的笑聲。

我頓時被孩子的這種狀況感染了，同時我心裏也很詫異，因為孩子出生後陳圓從來沒有餵過孩子一口奶。我只能把這樣的情況理解為母子之間本能的血肉相通。

我的眼淚在這一刻情不自禁地往下掉落。

「陳圓，你能夠聽見的，是嗎？我們的兒子就在你身邊，他長得那麼可愛，模樣很像你。最近我帶著兒子去他爺爺奶奶家去了，你感覺到我們不在你身邊了是不是？所以你才流淚了是不是？圓圓，你趕快醒來吧，醒來看看我們的兒子吧，再這樣睡下去的話，我很擔心兒子長大後會恨你的。真的，因為他可能會恨你不給他餵奶，不抱他，不陪他說話、玩……」

說到後來，我早已經淚眼滂沱，抽泣不已。現在我才發現自己的內心是如此的孤獨。

雖然自己在陳圓昏迷期間和那麼多的女人發生過關係，但是我內心的孤寂卻只有我自己知道。每天下班或在外面喝酒後回家，家裏冷清清的，沒有心愛的人來問候，一覺醒來已經是第二天，離開家門也沒有人問我什麼時候回來。

在我的眼裏，一回到家所看見的都是陳圓那張沉睡的臉。雖然孩子尚可以給自己帶來些許的快樂，但是有時候卻會更加增大我內心的孤寂。因為我會想：難道就這樣讓孩子長大後去面對一個昏迷不醒的母親嗎？

現在，曾經的那一切都湧上了心頭。孩子好奇地看著我，而我已是泣不成聲。

可能是我哭泣的模樣太難看了吧？孩子被嚇住了，頓時大哭了起來。

林易進來了，還有施燕妮。

「怎麼搞的？怎麼哭起來了？」施燕妮在問我道。

我心中的難受依然存在，不過已不再漫延。隨即默默地站了起來，然後直接出了病房。我沒有回答施燕妮的話，也沒對林易說什麼，因為我感到了極度的失望。

昨天我連夜從家鄉趕回省城，我總是在心裏盼望自己能夠在今天看到一個已經醒轉過來的陳圓，看見她的笑臉，不需要她對我說什麼，只要她朝我笑一下就可以了。可是，等來的依然是她那張冷冰冰、毫無表情的臉。

當希望越大，失望也就越大。現在，我已差點到了崩潰的邊緣。而且，我很懷疑保姆所看到的是真實的。肯定是陳圓的淚腺出了問題，被感染了或其他什麼原因。

出了病房後，我頓時感到茫然無助。待我有了感覺後，才發現自己已經站立在繁忙的馬路邊。我眼前呼嘯而過的汽車，還有在我面前穿梭的人群。一對戀人遠遠地在走來，兩個人手牽著手，很親熱的樣子，那女孩子還時不時地去和男孩子撒嬌……我很羨慕他們，覺得他們才是真正的幸福。記得自己曾經也有過那種美好的時候，可惜的是那一切已離我遠去，剩下的只有偷情，只有短暫的、一時的快樂，而且還僅僅是肉體上的。

我的情感早已經是一片蒼白。

手機在響，但是我不想接聽。現在，我不想和任何人說話。即刻轉身，去到醫院的停車場處開上了車，然後出城而去。

到了石屋後，我都記不得自己是如何把車開到這裏來的，因為一路上我的腦海裏全是陳圓那張面無表情、蒼白如雪的臉。

燒了一壺水，點上了一柱檀香，我靜靜地坐在屋子的中央，茶香滿唇，檀香滿屋，而我卻更加感到了寂寞的滋味。

很奇怪，我發現自己很喜歡這種寂寞的滋味。我覺得這種滋味好刺激。

電話聲驟然響起，聲音頓時刺破了滿屋的空氣，我禁不住哆嗦了一下，猶豫了一瞬後才去將它拿出來看，是章詩語打來的，我本想摁斷的，但是歎息了一聲後開始接聽，耳朵頓時生痛，說道：「你幹什麼？幹嘛不接我的電話？」

「什麼事情？」我淡淡地問。

「我回來了，晚上我要和你在一起。」她說，聲音硬梆梆的。

「對不起，我有事情。」我說，即刻掛斷了電話，耳朵裏還留有她憤怒的餘音，「你……」

手機的聲音再次響起，依然是她的。我即刻將電話關掉了。我很痛恨章詩語，因為她打破了我內心的這種寂寞，讓我再也不能像剛才那樣在這裏待下去了，我的內心已經沒有了靜謐，剩下的是一串串漣漪，然後慢慢變成了波瀾。心裏頓時有了一種欲望，我好想喝酒，好想大醉一場。

章詩語的電話又打進來了，我估計她可能是一直在撥打。「馮笑，你究竟什麼意思？」她在質問我。

我冷冷地道：「你又究竟是什麼意思？」

讓我想不到的是，手機裏卻即刻傳來了對方溫柔的聲音，「馮笑，你怎麼了？誰惹你了？」

她這樣溫柔的說話讓我反而怔住了，歎息了一聲後才掛斷了電話。

手機進來了簡訊，是章詩語的。我歎息著去打開：「我在江邊的魚莊，你來吧。對不起，我的心情也不好。」

我搭車去到了江邊，車已經被我停在了住家的樓下。

我承認自己禁不住她的誘惑，竟然在憤怒之餘心生柔情。我到那家魚莊的時候，發現章詩語一個人坐在一張靠窗的大桌旁，桌上全是菜，各種用魚做成的菜。還有一瓶江南特曲。酒瓶裏的酒已有一半不見了，我看見她面前的酒杯裏還有少許。

我去坐到了她的對面，直接拿起桌上的那瓶酒就往自己面前的葡萄酒杯裏倒，然後端起酒杯一飲而盡。

她大喜，「好，我喜歡。」

隨即，她也將她杯中的酒乾掉了，隨即大聲地對服務員叫道：「再拿一瓶來！」

「為什麼心情不好？」我問她，她卻也同時在問我：「為什麼心情不好？」

我們頓時都怔住了，隨即都開始大笑。

「別問，喝酒。」大笑過後我說。

她說：「你不說就算了，我要說。馮笑，北京的流氓太多了，一點不像我們江南的人這麼豪爽。我在北京請客、吃飯，那些人都說要幫我，但是臨了都不認賬。」

我心想：你可能還陪了人家睡覺吧？於是我問她：「你知道這是為什麼嗎？」

她愣愣地看著我問道：「為什麼？」

「男人，得不到的才是最好的。你那麼輕易地給了他們，他們會把你當成妓女看待的。」我說。

本以為她會生氣，但是她沒有，她在說：「我漂亮！我又沒收他們的錢。」

「夜總會裏的漂亮小姐還少了？我再次告訴你，你一定要記住。對男人來講，得不到的才是最好的。」我說。

「所以你今天才這樣對待我是不是？因為你得到我太容易了是不是？」她的眉毛頓時豎立了起來，馬上就要發作的樣子。

「這是其中的原因之一。除此之外，今天我的心情不好。」我淡淡地道。說實話，現在我忽然想起她可能在北京不知和多少人睡過覺，所以我也就沒有客氣。而且，我忽然覺得這樣講話很爽，有一種發洩的暢快感受。

她竟然沒有發作，相反地不說話了。她拿著酒杯緩緩地旋轉它。我看見，她掉下了眼淚。

我頓時覺得自己過分了，「對不起，今天我有些失態了。」

「你說得對，是我自己不好。」她說。

我忽然想起孫露露曾對她的評價來，說道：

「詩語，你幹嘛非去走那條道呢？你知道的，你現在想要去進入的那個圈子非常複雜。你父親不管怎麼說也是一院之長，憑藉他的關係，你做什麼不好啊？根本就不愁賺錢的事情。」

她黯然地道：「我喜歡表演。」

「從小我就有表演天分，後來我準備去考藝術類大學，可是我媽媽不同意。爸爸說可以讓我出國去留學，我想先出國去看看再說。到了國外後，我才發現那裏並不像自己想像的那麼好，因為華人的地位在國外經常受到歧視，於是我就回來了。我還是想圓自己以前的那個夢想，特別是我在聽說了莊晴的事情後，這種願望就更加強烈了。我想：莊晴算什麼啊？她都可以去拍電視劇，還是大導演拍攝的電視劇，我為什麼不可以？爸爸很疼我，所以他完全答應了我的要求。可是，我想不到竟然這麼難……」

「你這次去北京做的那些事情，你爸爸知道嗎？」我問道。

其實我想問她的是：你爸爸知不知道你生活上這麼隨便？

她搖頭，說道：「爸爸怎麼可能知道？爸爸一直把我當成乖乖女呢。其實我也是想要獨立，不希望爸爸替我操這麼多的心。可是，現在看來不行了。現在這個社會很簡單，什麼都要錢才能說話。」

我頓時放心了，不過我對她的這種追求依然擔心，說道：「詩語，別去想當什麼明星了，我覺得那不適合你。都說做事情要從最簡單的做起，最容易成功的事情做起。何必這樣為難自己呢？」

我歎息。

她搖頭，「不，我一定要去做，那是我的夢想，我不甘心。」

「爸爸說你很有錢，你可以幫我嗎？今後我掙了錢後還給你。我可以當你的情人，你說當多久就是多久，好嗎？」她隨即對我說道。

我搖頭，「我並不像你爸爸說的那樣有錢，而且我的錢全部用於投資了。那個圈子裏花錢是一個無底洞，錢少了是不會有什麼效果的。」

「爸爸說莊晴能夠演電視劇，就是你出的錢。」她說，「馮笑，你是不是覺得我不值得你那樣去投入？我比莊晴要漂亮吧？你為什麼只幫她不幫我？」

「詩語，你錯了，莊晴的錢不是我投入的。而且，有些事情我不好對你講，因為這裏面涉及到你父親的安全問題，你回去問問你爸爸就知道了。」我說。

她不說話了，隨即給她自己倒滿了一杯酒，然後獨自猛然地喝下，隨即便大聲咳嗽起來。

我急忙過去輕拍她的後背，她卻順勢抱住了我的腰。她哭了。

周圍很多人都在朝我們看，我急忙低聲地對她道：「詩語，你別這樣。這是公共場所。」

「我不想喝酒了。」她說，隨即仰起了頭來看著我，美麗的臉龐上全是淚痕。

「好吧，我們不喝了，我馬上去結賬。」我說。

「我結，是我叫你來的。」她說，隨即朝我笑了笑，「不准你結，不然我可要生氣了。」

我苦笑，「好吧，詩語，有句話我想告訴你。」

「你說吧。」她說。

「如果你真的想走那條路的話，你自己不要出面來和我講。你想想，我畢竟是你父親的部下，而且我已經有妻子了。你明白我的意思嗎？」我說。

她頓時破涕為笑，「我知道了，我讓我爸爸來找你。」

我搖頭，「這樣也不合適，你讓你爸爸去和我岳父商量吧。在這件事情上，我最好不要出面。」

「他們兩個人以前不是都在商量嗎？可是你岳父好像不大願意再幫忙了。」她說，神情沮喪。

我笑道：「那得看你給你爸爸多大的壓力了。」

她大喜，「我明白了。馮笑哥哥，我們不喝酒了，去唱歌吧。」

我嘀咕了一句：「還不如喝酒呢。」

她展顏笑道：「好，那我們繼續喝。」

我不禁駭然，「你都喝這麼多了，還沒醉啊？」

她的身體頓時搖晃了起來，「你好討厭，你這樣一說我真的覺得醉了。馮笑哥哥，我已經在酒店開好了房間，你帶我去那裏……那裏。好，好吧？」

我很是詫異，「你怎麼知道我今天一定會來？」

她朝我媚笑道：「因為我知道你心腸很軟。馮笑哥哥，我真的醉了，一會兒你可要背我啊。」

後來還是我結的帳，然後扶著她去上了計程車。酒後的我的雙手觸及到她柔軟的腰肢時，頓時內心浮動起來，隨即就把一切都拋到了腦後，心裏想到的就只有一樣東西了：發洩。

攬住她的腰進入到了電梯，我們即刻相擁、相吻。她美麗的面容讓我早已陶醉。現在，我完全可以想像得到接下來的一切將會是如何的美妙。

但是我不知道，當我們剛下車的那一刻，我們的情形就已經落到了便衣員警的眼裏。因為我根本就不會想到今晚是一個非常特別的日子。全市掃黃。

酒店的樓道裏靜悄悄的，在去到房間的過程中可以隱隱聽見房間裏傳來男女的嬉鬧聲。那種嬉鬧聲雖然極小，但卻很能引人注意，因為它們代表的是情欲。所以，我的激情來得更加猛烈，血脈已經開始在噴張。

在進入房間的那一刻，我在隨手將房門關上的同時，另一隻手已經將她緊緊地摟在了懷裏。房門關上的時候，我的雙手已經將她的身體橫抱，然後將她扔到了那張鋪著白色床單的床上。

她發出了一聲驚叫，隨即便「嘻嘻哈哈」地笑了起來，聲音與我剛才在樓道走過的時候所聽見的一樣。

我即刻去將她抱住，兩個人開始在床上翻滾，隨即親吻。我們的舌交纏在了一起，我們的身體也是這樣。她很激情，很猛烈，如同我一般的迫切。

她太美了，她的身體讓我流連忘返。

我「呵呵」地呼叫，她用英語在表達她內心的歡快。

猛然地，我聽到身後傳來了一個聲音，這個聲音頓時讓我感到震耳欲聾，「你們在幹什麼？」

我的身體在這一刻猛然地僵硬了，大腦裏也頓時變得一片空白。

身下的章詩語卻動了，她從我的身上抽了出去，即刻扯過被子去將她的身體遮住，「你們是什麼人？」

我這才反應了過來，也急忙去地上撿起一條浴巾來裹在了自己的身上。我看見了，自己面前的是兩位穿制服的員警。

其中的一個員警從上衣兜裏拿出證件，然後在我們面前晃了晃，「我們是員警，我們懷疑你們嫖娼賣淫。你們把衣服穿上，跟我們走一趟。」

章詩語朝那位員警伸出手去，「我看看你的證件。」

可能是員警完全沒想到她竟然如此大膽，竟然怔住了。另外那個員警大聲地道：「老實點，我們沒有和你們開玩笑！」

章詩語癟嘴道：「我很懷疑你們的身分，要求看你們的證件難道不應該嗎？」

我心裏惶恐萬分，害怕極了，頓時不知道該怎麼辦了。

章詩語卻隨即來對我說道：「穿上衣服。」隨即又去對兩位員警道：「請你們出去，我要穿衣服了。你們這是侵犯我們的人權。」

剛才那個出示證件的員警這才反應了過來，頓時氣急，「哈！我還是第一次見到這麼猖狂的賣淫小姐呢。少囉嗦！快把衣服穿上，否則的話，我們可要採用強制手段了。」

「這個房間是我花錢開的，酒店就應該保護我的隱私。且不說我不是什麼賣淫小姐，我就是的話，你們也沒有權力抓我。」章詩語說。

「別和她廢話。」另外那員警說道，隨即從身後摸出了一副亮錚錚的手銬來。

這下我完全地清醒了，同時也反應了過來，「我們不是你們想像的那種關係。她是我朋友，真的不是你們說的那種關係……」

我這才發現自己根本就無法解釋清楚和章詩語之間的關係。我是已婚者，而員警剛才正好抓住了我們的現行。

員警在朝著我們冷笑。

章詩語可比我冷靜、大膽多了，她在對我說道：「把我的衣服給我。」

我覺得這兩個員警確實太過分了，畢竟章詩語是女孩子，怎麼就站在這裏看著她穿衣服呢？但是我不敢去對他們說什麼，只好起身去到床下，把章詩語散落在地上的那些衣服一一撿拾起來，然後放到她被窩裏。章詩語開始在被窩裏穿衣服。

她從被窩裏出來的時候，我也已經穿好了衣褲。

「走啊。」員警說。

「去哪裏？」章詩語問道。

「你是真不懂還是假不懂？」員警怒聲地道。

「第一，我要仔細看你的證件，如果你們是假員警怎麼辦？第二，我們又沒有犯法，幹嘛要跟你們走？我告訴你們，我還要去告你們濫用職權。」章詩語大聲地道。

拿手銬的員警怒極反笑，「啊哈！你反倒有道理了？到了我們那裏再和你理論！快點啊，不要讓我們動手啊！」

章詩語依然沒動，她問道：「你們說說，我們犯了什麼罪？」

「我們懷疑你們嫖娼賣淫。怎麼？抓住了你們現行，還不承認？」員警笑道，不過眼神像要殺人的樣子。

「證據呢？把你們掌握的證據拿出來我看看。」章詩語道。

我這才恍然大悟，原來她讓我穿上衣服的目的是這樣。很明顯，員警也沒有想到現在會變成這樣的結果，那個拿手銬的員警怒極，去到章詩語面前揚手就準備一耳光朝章詩語打去。我大駭，急忙去抓住了那個員警的手，「不要動粗啊，不然到時候大家都脫不了干係。」

我也不知道自己為什麼這麼大膽，只是覺得這兩個員警太過分了。

「怎麼？想襲警是不是？」另外一個員警竟然掏出了槍來。「嘩啦」一聲竟然讓子彈上了膛。

我頓時被嚇壞了。要知道，槍這東西可是非常嚇人的。於是我急忙地對章詩語道：「你別說了，反正到時候說得清楚的。」

「這些員警就是流氓！到了他們那裏後，他們會聽你解釋？」章詩語大聲地道。

我心想也是，內心更加害怕了，其實我現在擔心的確實是另一個方面：這下完了，我和她的關係這下完全曝光了。不知道章院長今後會怎麼對付我呢。今後我在醫院還怎麼工作……

「走啊！」員警在推搡我，力道很大，我的背後頓時感覺到了疼痛。

有時候人就是這樣的，總是會在極度緊張或者危險的時候忽然變得清醒起來。我即刻地站住了，「員警同志，我是黃省長的親戚，你們不相信的話，可以看我的證件。或者我打個電話讓你們領導和你們講一聲，怎麼樣？」

「你是黃省長的親戚？」員警頓時狐疑地來看著我。

本來我想說童瑤的名字的，但是我擔心她的名頭不夠響亮。現在看來我的這個主意是正確的。

我點頭道：「是的，我是黃省長的親戚。而且，我還和省公安廳以前的刑警隊長錢戰是哥兒們。他表妹童瑤也是刑警隊的，我們更是好朋友了。如果你們不相信的話，我馬上給童瑤打個電話。」

我說出黃省長的目的是震撼他們一下，而最終的目的卻是希望童瑤能夠救我。

員警明顯地猶豫了，「你打吧。」

我心裏大喜，急忙拿出電話開始撥打，心裏卻忽然擔心起來：童瑤啊，你千萬不要關手機啊。

還好的是，她的電話接通了。可是，我卻一時間不知該怎麼對她講了。

「說話啊，馮笑，找我什麼事情？是不是想請我吃飯？不對啊，現在幾點鐘了？」她在電話裏笑。

我這才急忙地道：「童瑤，我遇到點麻煩的事情，麻煩你給員警說一下，我也不知道該怎麼對你說這件事情。」

說完後我即刻把手機遞給了員警，頓時感覺到自己的臉滾燙得厲害。

我聽見員警在對著電話說：「他和一個女人在酒店……嗯，我知道了。嗯，這個女的蠻厲害的。呵呵……好，知道了……」

員警在講話的時候，章詩語幾次想說話，但是都被我制止住了。員警已經接完了電話，隨即將手機遞給了我，臉上擠出了一絲笑容，「幸好我認識童瑤，不然的話。呵呵！對不起，打攪你們了，你們繼續。今天是全市掃黃統一行動，這是一場誤會，你們繼續吧。」

我接過電話，看著兩位員警奇怪的神情，頓時氣惱、尷尬不已。員警離開了，章詩語這才開始破口大罵：「什麼狗屁員警啊？難怪外國人要批評中國政府不講人權呢。」

我急忙地道：「你別這樣，國情不同嘛。你想想，這件事萬一被你爸爸知道了怎麼得了？現在這樣不是很好嗎？」

說到這裏，我忽然聽到手機裏有聲音傳來，這才想起剛才那位員警根本就沒有掛斷電話，心裏頓時尷尬萬分，但是卻又不能不去接聽。

「童瑤，我，我……」我羞慚萬分，差點想找個地縫鑽進去。

「你和誰在一起？怎麼這麼倒楣？」她卻在笑。

「我……謝謝你。」我說，實在說不出口自己和章詩語在一起的事情。因為她並不知道我和章詩語之間的關係，而且她已經覺得我很花心了，如果再讓她知道我又和一個她不知道的女人發生了關係的話，還不知道她會怎麼看我呢。

「現在我也在參與全市掃黃行動，明天我給你打電話。你啊……」她說，即刻掛斷了電話。

我如釋負重，頓時感覺到自己被解脫了。

第九章

克制

每個人都有弱點，內心深處都有種放縱的欲望，
有人意志力強可自我克制，遵守社會的道德，
而有些人……嘻嘻！比如你這樣的人，
就需要外界力量促使你不得不去遵守限制。
我擔心你把持不住你自己。
人生短暫，一時的放縱而觸犯法律，就不值得了。
你說是嗎？

在回家的計程車上，我的內心一直忐忑不安。

我發現，這樣的事情在解決之後反而更加讓人感到害怕。因為這時候我會假設：如果今天我們真的被抓了去後，會出現什麼樣的情況呢？假如章院長知道了我和他女兒在酒店裏，而且被員警抓住了，他會怎麼想呢？醫院的人們會怎麼看我呢？還有林易和施燕妮，他們知道了這件事情後會採取什麼樣的態度呢？對了，還有唐孜……越想就越覺得害怕。這種想像的空間太大了，而且總是會朝著最可怕的結果去想。

一直到我回家，在洗澡、在我躺在床上睡覺的時候，都還在不住地想著這些問題。

幸好喝了酒，幸好我很累。在不知不覺中我睡著了。

還好的是，第二天起床後我沒有再去細想這樣的一些問題，因為我已經完全地回到了現實。現在，那一切可怕的結果都沒有發生過，我正在自己的家裏吃早餐，而且我和章詩語的事情，醫院裏面的人也不知道。不可能知道。

上午我還是要去醫院，一是科室裏有很多事情需要我去處理，二是陳圓住在醫院裏。既然已經回來了，休假也就即刻取消了，我自己把它取消了。

然而，讓我想不到的是，我剛從科室出來的時候，就正好迎頭碰上了章院長，他詫異地看著我，「你怎麼回來了？」

「我岳父叫我回來的，家裏有點事。」我含含糊糊地回答說。在我的心裏依然有著一種惶恐，畢竟自己和他女兒那樣了，而且昨晚還出了那樣的事情。現在我並不能完全肯定他不知道昨晚發生的一切。萬一他是故意裝出一副不知道的樣子呢？

「這樣啊。」他說，「我還說去你們科室看看。因為你不在，我擔心出什麼亂子。」

我想不到他竟然如此關心我，心裏頓時有了一種感動，同時又想到自己和他女兒的事情，更加尷尬和內疚了。我感動地對他說道：「章院長，謝謝您。」

他在朝我微笑，「我們之間就不要這麼客氣了。正好，你沒事吧？你到我辦公室來一下。」

就這樣忐忑地跟著他去到了他的辦公室。坐下後他對我說道：「既然你已經回來了，那你看是繼續休假呢，還是先把假消掉？」

「消掉吧，今天我已經來上班了。」我說。

他點頭，「好，今後有什麼事情你可以隨時找我請假。小馮，科研專案的事情進行得怎麼樣了啊？」

「很順利，小白鼠的實驗已經做完了，正在研究那些資料，馬上開始做小白兔的實驗。」我說。

「不錯。」他微笑著點頭，說道：「有這麼一件事情，我想先徵求你的意見。今年學校那邊讓我們申報新的碩士點，不知道你這邊有沒有想要帶研究生的打算啊？」

我心裏大喜。要知道，成為碩導可是需要非常嚴格的程序的。而從他剛才的話中我聽明白了，只要我表態的話，就肯定沒有問題。在教學醫院裏，或許副教授或者教授很多，但不一定每個擁有高級職稱的人都會是碩士生導師。僅僅憑「導師」這兩個字，就可以知道其中的分量。

「章院長，我的條件可能不符合吧？」我還是惶恐地問了這麼一句。

「你很年輕，以前也發表過那麼多的論文，學校那邊的領導也知道你的情況，可以破格的嘛。」他說。

「我還從沒想過自己這麼快就可以申報碩導資格呢。」我有些不好意思地說。

「年輕人就是應該敢想敢幹。」他依然在朝我微笑，「何況你的科研專案需要助手，今後你招了研究生了，就有人幫你做實驗啦。」

「那也得明年了，今年不可能吧？」我說。

他點頭道：「那倒是。小馮，我知道你很忙，如果你需要的話，我可以把我的研究生暫時借給你。」

「專業不一樣，而且您的研究生也有自己的課題要做，我覺得這樣不大合適。」我急忙地道。

他說：「倒也是。」

我即刻站了起來，「章院長，我想去看看我老婆。她在神經內科住院。」

「你等等。」他卻止住了我，隨即在問我道：「你老婆的情況好些了嗎？」

我搖頭，「還是那樣。」

他歎息，「你也夠苦的了。」

我心想：怎麼不苦？不然怎麼會連你女兒也拿下了？

他打開了他的抽屜，隨即從裏面拿出來一個大大的信封，「小馮，這些發票本來我是可以處理的。但是現在我的情況比較特殊，而且這些發票又大多數是北京的，所以只有麻煩你再想想辦法……」

我急忙去接了過來，嘴裏說道：「我一定想辦法。」

他朝我微笑。我知道這下自己該走了，急忙地又道：「章院長，那我去看我老婆了。」

他說：「我還想和你岳父好好談一次，你幫我約一下。」

我有些覺得奇怪，「您沒約他嗎？他不會拒絕吧？」

他搖頭道：「我覺得你約一下他比較好，畢竟他是你岳父。」

我頓時明白了：他不想把事情搞得尷尬了，希望通過我這個中間人把關係搞得協調一些。畢竟我是林易的女婿。

我無法拒絕。

從他辦公室出來後，我就在想：他開出了這麼誘人的條件，原來並不僅僅是為了我給他報賬。其實對於他來講，我手上信封裏的那些發票並不是什麼大問題。有時候當領導的給下面的人添麻煩，也是一種表示信任的方式。

我還知道，我手上的這些發票肯定是章詩語在北京消費出去的。不禁歎息。

「馮主任，在忙啊？」我正感歎間，卻聽到有人在叫我，急忙抬頭去看，才發現是離退休處的那個處長，我頓時想起了一件事情來，「最近我給你岳母說了暫時不到我家裏去，因為我老婆在住院。」

「我還正說呢，那今後……」他問我道。

「過段時間吧，我還是想把她接回去，畢竟在醫院裏容易感染。」我說。

「太好了，我還說讓岳母把錢退給你一部分呢。」他說。

「不用，我怪不好意思的。她很細心，我覺得虧待了老人家。」我歉意地道。

「馮主任真是一個好男人，醫院裏的人都在誇你呢。」他笑著表揚我道。

我不禁汗顏。現在我才發現這樣的讚揚對我來講，也是一種沉重的負擔。

幾乎是處於逃離的心態離開的，不過我的嘴裏卻在說道：「我馬上要去看我老婆，以後再聊啊。到時候我通知你岳母就是。」

陳圓的情況並沒有任何的改變。我特地去找了神經內科的主任。主任告訴我說，目前已經給陳圓做了各種檢查，沒發現有什麼異常，但是也沒找到有效的治療方式。

主任說道：「從現在的情況來看，你家保姆看到她流淚的事情，可能是淚腺受到了刺激的緣故，當然也不排除暫時性清醒的可能。所以，我覺得還是應該採用呼喚的方式。不過這樣的方式需要堅持。」

我覺得他的話等於沒有說，「我想把她接回去。您看……」

「就住在醫院裏吧，這裏的條件好些。而且章院長剛才打來了電話，他告訴我說，你妻子的費用，醫院減免一半。」主任說。

我想不到章院長竟然想得這麼細，同時就考慮到如果自己現在就把陳圓接回去的話，章院長肯定會認為我不領他的情。要知道，領導施恩也是一種信任的方式啊。於是我說道：「那就再住一段時間看看吧。不是費用的問題，我是覺得住在醫院裏不大方便，而且也很佔用你們的病床。」

「沒什麼，大家都是一個醫院的，不要有那麼多的顧慮。」主任笑著說。

我當然不會說擔心感染什麼的，這可是對他的一種不信任，會讓他心裏不高興的。同行之間就是這樣，很多事情得相互包容和維護。

從神經內科出來後，才發現自己的手機上有一條簡訊：我在你們醫院外邊的茶樓等你。

是童瑤。

急忙看時間，發現資訊是兩分鐘前發過來的，頓時怔住了。這一刻，我的心裏忽然忐忑了起來，因為昨天晚上的事情。

我們醫院周圍就這一家茶樓，也就是她上次帶童陽西來見我的地方。她果然在這家茶樓裏，在一個靠窗的位置。

她在看著我笑。我的臉上在發燙。

我扭捏著去坐到了她的對面，而且還必須得主動說昨天晚上的事情，「童瑤，昨天的事情謝謝你了。」

她收斂住了她臉上的笑容，她在歎息，「你啊！章詩語是誰？」

我頓時愣住了，因為我不知道她是怎麼知道章詩語這個人的。因為昨天晚上我聽得清清楚楚，那個員警並沒有告訴她和我在一起的人是誰。

「最近有一些高級妓女在酒店包房間賣淫，所以昨晚員警才注意到了你們。而且他們發現是章詩語去開的房間。這件事情很讓他們覺得奇怪，因為女人主動開房間的情況很少見，除非是那種情況。」她看了我一眼後繼續說道。

我頓時明白了，不過我不想暴露章詩語的身分，於是回答道：「她不是妓女。她是我朋友。」

她淡淡地笑，「我查了，這個章詩語是你們章院長的女兒。從她開房使用的身分證，很容易查到她的家庭情況。」

我頓時不語。

「馮笑，我理解你，因為你妻子目前的情況我很清楚。但是，這也不是你生活放蕩的理由啊？你說是不是？」她隨即批評我道。

我有些汗顏，同時也有些氣惱，「童瑤，童警官，這是我的私事，你無權干涉。反正我沒有犯法，也沒有嫖娼。還有，我不希望你把這件事情講出去，畢竟人家還那麼小，而且她父親還是一位領導。」

「馮笑，我沒有干涉你的私生活，我也不會把這件事情講出去。但是，我是你朋友。作為朋友，我覺得自己應該提醒你。你這個人啊，什麼都好，就是意志力薄弱，還有就是糊塗，總覺得自己就是一個醫生身分，所以就不去考慮有些事情可能會給你帶來的影響。馮笑，我真的是出於關心你的角度，才來和你說這些話的。說實話，如果你不是我的朋友的話，我才懶得管你這些事情呢，我是真的不想眼睜睜地看著你這樣墮落下去。」她說，很真誠、而且痛心疾首的樣子。

我心裏頓時被她感動了，但是卻無法接受她這樣當面對我的指責與批評，畢竟我是男人。要知道，男人有男人的臉面，一個男人是很難承受一位女人當面這樣的指責與批評的。但是，我卻感到自己無言以對，因為我不知該如何回答，她說的話很有道理，更是一片好心。雖然我墮落，但是我很懂道理。

「你喜歡她嗎？就是這個章詩語。」她卻繼續在問我道。

她的這個問題讓我有了一個台階下，於是我苦笑著回答道：「怎麼可能？我的心早死了。」

她在歎息，「馮笑，你老婆現在這個樣子，如果你在外面有一個固定的情人，我想別人也不會責怪你的，我想，即使是你岳父林老闆也不會說你什麼的。因為你畢竟還很年輕，是一個活生生的男人。但是，你這樣……馮笑，我的意思你明白嗎？你這樣不好。」

我也歎息，「其實我自己也知道，但就是有時候控制不住自己。你說得對，我確實是想到自己就是一個小醫生，不需要去顧及有些影響方面的問題。」

「那你想過給自己的頭上加一道緊箍咒沒有？或許這樣的話，你的責任感就會強一些的。其實我們每個人都有自己的弱點，有的人意志力強可以自我克制，而有些人……嘻嘻！比如你這樣的人，就需要外界的力量促使你不得不去遵守很多限制。」她頓時笑了起來，隨即又道：「馮笑，可能你沒明白我的意思，我是擔心你今後在這方面犯錯誤。這樣的話就不值得了。一個是女人的問題，另外就是金錢方面，我很擔心你把握不住你自己。其實人生很短暫，如果因為一時的放縱而觸犯了法律的話，就太不值得了，你說是嗎？」

我搖頭，「我不會觸犯法律的，這一點我很小心。」

她歎息，「有時候很難說的。我作為你的朋友，提醒你是我的責任，但是你自己不注意就沒辦法了。」

我頓時覺得她把有些問題看得太嚴重了，而且還很不合情理，說道：

「童瑤，你們當員警為什麼總是喜歡用有色眼鏡看人呢？昨天晚上的事情確實讓我很難堪，而且在你面前我也感到很羞愧，但是你們員警這種方式我很反感。憑什麼說一個男人和一個女人在一起就是在嫖娼賣淫？而且直接衝進房間裏，根本就無視別人的隱私和人權？難道你不覺得這很過分嗎？」

確實，本來我很不想再說這件事情的，而且這件事情讓我感到很羞恥，但是因為憤怒，我禁不住大聲地質問起了她來，而且越說越氣憤。

她卻淡淡地在笑，說道：

「昨天晚上是特殊情況，是一次聯合行動，階段性的行動，所以在方式上就沒有講究那麼多了。說實話，昨天晚上你們很幸運，因為那兩個員警的態度還不錯，而且正好認識我，不然的話後果就很難說了。好啦，我們不說這件事情了，我問你，既然你不喜歡這個章詩語，那麼我只能理解為是你一時的衝動，可是阿珠呢？你喜歡她嗎？」

「阿珠？阿珠怎麼啦？」

「上次你來找我，讓我幫你查查阿珠是不是出國去了。有這件事情吧？」她問我道。

我點頭，但依然不明白她的意思。

「阿珠離開了江南。我想，肯定是你和她之間發生了什麼是吧？阿珠很喜歡你，是嗎？」她問我道。

「她是我導師的女兒，而且我已經結婚，我不能和她建立家庭，她很清楚這一點，我也明白。」我喃喃地說，不知怎麼，我忽然感到自己的心臟一陣刺痛。

她頓時怔住了，隨即歎息道：「可能是我錯了。」

「你什麼錯了？」我愕然。

「你和她到了哪一步了？」她沒有回答我，卻反過來問我道。

我不回答。這樣的問題我不能回答，但是我的不回答其實已經是回答了，我相信她應該明白這一點。

果然，她在歎息，「看來是我真的錯了。」

我有些莫名其妙，詫異地去看著她。不過我這次沒有問她，我知道她會自己說出來的。隱隱地，我覺得阿珠的事情她可能隱瞞了我什麼。

她喝了一口茶，隨即才對我說道：

「馮笑，當初我不該騙你的。當時我想，阿珠是你導師的女兒，你不會和她發生關係，不然的話今後你會後悔一輩子的。同時我也很清楚，你那天來找我的時候，肯定是你和她之間發生了什麼，所以我就順勢欺騙了你。現在我想，或許阿珠留在你身邊的話，你還不至於像現在這麼濫情。因為我看得出來你很將就阿珠的，而且似乎好像還有些怕她。所以，也許她還可以管住你，或者你會看在她母親的面上不再像以前那樣放蕩。

「看來我真的錯了。哎！當初你讓我查詢阿珠的情況後，我就即刻給阿珠的單位打了電話，然後詢問清楚了情況，阿珠科室的負責人說，她離開的時候特別交待了的，如果你去問她的去向的話，就回答你說她出國去了，於是我也就那樣回答了你。其實我在我們的電腦上並沒有發現她出國的記錄。早知如此的話，當時我就該想辦法把她找回來了。」

她的話讓我感到萬分震驚，甚至簡直不敢相信自己的耳朵，禁不住大聲地問她道：「童瑤，你說的是真的嗎？」

她點頭，隨即依然在歎息。

「那你可以查到她現在在什麼地方嗎？」我急忙地問道。

她搖頭，說道：「我可以查，只要她還在使用她的身分證就可以查到。不過這是違紀的。這倒是無所謂，你是我朋友，為了你的事情違反一次紀律我覺得也值。但是馮笑，你想過沒有，她為什麼要離開？即使你現在知道了她在什麼地方的話，又能怎麼樣？說實在話，現在我很後悔告訴你這件事情。不過我也想了，如果我告訴了你這件事情能夠讓你從此變得成熟一些的話，也值得了。馮笑啊，你應該知道，要改變這一切只能靠你自己。你明白我的意思嗎？」

我心裏頓時難受起來，眼淚差點忍不住往外流出。我默默地站了起來，然後離開。身後是童瑤的歎息聲。

一連幾天我的心情都很糟糕，幾次想給童瑤打電話請她幫忙查一下阿珠現在在什麼地方，但是每一次都痛苦地放下了電話。是啊，我能夠給她什麼呢？把她找回來了又能改變什麼呢？

直到有一天我接到了莊晴的電話，我的心情才稍微好轉了起來。

莊晴告訴我說，她出演的電視劇馬上就要播出了，而且還是中央一台的黃金時間。

名導演、這麼短的時間就開播了，而且還是中央一台的黃金時間。莊晴告訴我的這一切資訊，讓我明白了一點，那就是她從此可能會進入到一個新的天地。

我很是替她感到高興，於是問她道：「馬上是多久？」

「半年之後吧。」她說。

我頓時愕然。

她卻笑道：「才剛剛剪輯完成，半年後已經是很快的了。你要知道，央視播出的電視劇可是早就排滿了的，能夠在今年之內播出來，已經是很快的了。」

原來如此，我這才明白。

「那你最近在做什麼？」我問她道。

「最近事情很多。導演又給我推薦了一部劇，我正在看劇本。最近也有很多商家來找我簽約廣告代言，導演說最好緩一下。」她說。

「導演的意見是對的。現在商家很聰明，他們可以預感到你將出名，所以現在讓你低價代言。不過我倒是覺得不能一概拒絕，可以把代言的時間簽約到半年或者最多一年，這樣的話對你也沒有什麼影響，而且說不定反而會對你的宣傳有好處，畢竟廣告的效應很不錯。」我說。

「馮笑，你真厲害。你說的和導演說的一模一樣。」她笑道。

我也笑，「本來就是這樣啊，作為商人，總是希望能夠以最小的成本去獲取最大的利益，這才是最根本的原因。你只要好好想想一個問題就明白了，你想：他們為什麼會在現在來找你做廣告代言呢？你說是不是？」

「有道理。」她說。

「你馬上準備拍的又是一部什麼類型的電視劇啊？」我問道。

「都市偶像劇，我出演女一號。」她說。

我歎息，「莊晴，這下你不想出名都不行了。」

她大笑，「希望如此吧。」

我感覺得到，她現在的心情一定非常愉快。忽然想到了一個問題，即刻對她說道：「莊晴，你應該有一位經紀人了。這樣的話，很多事就有人給你打理啦。」

「等等再說，畢竟我還沒有出名，暫時還不需要。」她說。

「以前林易說過，他可以幫你聯繫一位經紀人的。」我記得自己曾經給她講過這件事情，所以就趁此機會提醒她一下。

「不用，我不希望別人操心我這樣的事情。馮笑，我說過，以前他花出去的那筆錢，我會想辦法還的。」她說，聲音冷冰冰的。

我知道她心中有個結還是沒有解開，於是對她說道：「不需要你還的，他是投資，裏面也有我的錢。算了，我不再說這件事情了，你自己拿主意吧。」

「馮笑，我不是針對你的。」她的聲音忽然變得柔和起來。

我也柔聲地對她說道：「我知道的。」

「陳圓怎麼樣了？孩子還好嗎？」她問。

「就那樣。」我說，並不想和她多說這件事情，因為一提起這件事情，我心裏就會忽然變得煩躁起來。

「對不起，可能我不該問你這件事情。」她說，「馮笑，我哥哥的事情麻煩你了，如果你有空的話還是多關心他一下。他是從農村出來的，啥也不懂。」

我笑著說道：「我發現你哥哥很聰明的，和你一樣聰明。」

她頓時笑了起來，「那是當然，我們莊家的人都聰明。莊子你知道吧？那就是我們家的祖先。」

我大笑。

「馮笑，那個章詩語最近還有和你聯繫沒有？」我正笑著，忽然聽見她這樣在問我道，頓時怔住了。

我沒有想到莊晴會忽然問起我這個問題，所以一時間竟然沒有反應過來，頓時怔住了。卻聽到她繼續說道：「聽說她在北京鬼混了一圈，結果沒人買她的帳。她長得漂亮又怎樣？太浪蕩了，結果把別人都嚇跑了。」

我覺得她的聲音有些刺耳，「莊晴，得饒人處且饒人，何必呢？她父親有過錯，但是她沒有得罪過你啊？」

「馮笑，你真是的，女人和你那樣了，你就開始為對方說話了？」她生氣地道。

我不禁苦笑，「莊晴，我不想和你多說什麼，將心比心吧。」

「她章詩語的事情關我什麼事？我懶得說她。好了，我馬上有事情了。馮笑，你別生氣啊，你乖啊，我很想你的。」她笑著說。

我心裏頓時一蕩。

隨即想起章院長交辦的事情來，歎息了一聲後給林易打電話，「章院長想和你談談。」

「等一等。」他說。

我有些詫異，「為什麼？」

「我問過了，你們學校領導換屆還有兩個月。別著急，現在把有些事情放一下，今後的效果可能會更好，時間早了他可能會不聽話。」他說。

我頓時覺得他有些過分了，不過想了想也就理解起他來。畢竟他是商人，追求利潤是他的本性。

我說道：「如果現在太過分了，讓他內心對你產生了反感，可能今後會適得其反的。我倒是覺得以合作、交朋友的心態去和他談判，才是最好的。因為任何一個男人，特別是當領導的人，他們的內心很痛恨被別人控制，這樣他們會覺得沒有安全感，甚至還會有一種被侮辱的感受。你說是嗎？」

我純粹是從心理學的角度在思考這個問題。因為我想到了我自己，我還不是什麼領導呢，連我都很反感被人控制，何況章院長？

「你說的好像也很有道理，我再想想。」他說。

我說道：「林叔叔，我不知道你最近是怎麼想的，以前你好像不是這樣的啊？以前你把朋友看得很重，生意的事情也就水到渠成了。現在怎麼……呵呵！你別生氣啊，我是好心提醒你一下。」

我覺得他在章院長的問題上很奇怪，完全和他以前的處事原則不一樣了。當然，我這樣大膽地問他更多的是替章院長在考慮，畢竟他的女兒和我已經有了那樣的關係，而且他和我今後的工作也密切相關。再有，林易是我的岳父，我並不希望他和章院長兩個人之間出現太大的裂痕。章院長已經對我說了，希望我作為中間人從中協調，我也只能如此了。

林易沉吟了片刻，「你現在有空嗎？到我辦公室來一趟吧。」

第十章

無法解決的矛盾

或許是我管得太多了，才讓她有戰戰兢兢的感覺。
我心裏也很矛盾，一方面我不可能完全放權，
另一方面不放權的結果就是讓她感覺到被束縛，
做起事來就會太過小心，同時也沒有了獨立性和創造性。
我覺得這是無法解決的矛盾。
現在我才感覺到做生意不是一件容易的事情。

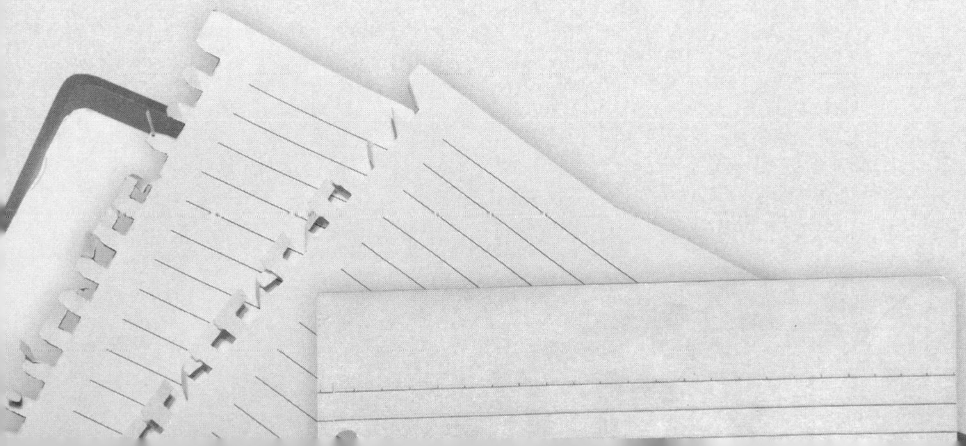

到了林易的辦公室後，我發現陽光竟然穿過了落地玻璃，在辦公室的地上灑下一片金黃。那股暖暖的感覺湧上心頭。

林易很高興的樣子，他請我坐下，隨後上官琴就來了，她給我泡來了一杯茶。

「你待遇很高哦，只有你來，上官才親自泡茶。」林易笑著說。

上官琴在旁邊笑。我也笑，連聲說「謝謝」。

「上官，你先出去吧，我和馮笑說點事情。」林易隨即說道。

上官琴燦笑盈盈，點頭後出去了。離開前她朝我伸了下舌頭，模樣可愛極了。

林易在看著我笑，因為我正用目光出神地送著上官琴出去，頓時尷尬。

林易咳嗽了兩聲，「馮笑，我今天把你叫來，就是想和你商量一下章院長的事情，有些事情在電話裏說不清楚。」

我點頭，「我的想法都給你說了。我覺得你的意見雖然有些道理，但是很可能適得其反。男人都是逆反的動物，這與年齡沒有多大的關係。反而地，一個人的職務越高，這種逆反的心態可能會更強烈，因為職位越高的人，他們的自信心往往就越強，更不能容忍別人對他們的輕視或者冒犯。呵呵！我這是從心理學的角度在分析，也不一定對。」

他開始抽煙，「馮笑，可能你不大瞭解你們這位院長。雖然我和他接觸不多，但是我發現了這個人有一個特點，他非常謹慎。從側面我也瞭解過這個人，得出的結果讓我覺得很奇怪，因為他從來不收別人的錢。」

我很詫異，心想他不是讓你拿出幾百萬去幫了他的女兒嗎？這難道不叫收錢？所以我搖頭道：「不可能吧？」

他擺了擺手，「你聽我講，這個人真的不收現金，但是他喜歡通過其他的方式獲取利益。比如讓我們幫助他女兒，或者把某些發票拿去給別人處理。你說，這是不是一件奇怪的事情？」

我笑道：「那還不是一樣？」

他搖頭，說道：

「完全不一樣。他這樣做的目的是要把對方控制住。你想，假如我送給他現金，一旦出事後我就是行賄。但是如果採用這樣的方式，他完全可以說他什麼都不知道。因為他根本就沒有經手那些錢，他甚至可以說那是我們的私人行為，根本就沒有得到過他的允許。還有發票，這件事情就更奇怪了，因為發票也是證據啊，他為什麼要把發票拿去給別人報？我一直想不通這個問題。也許他是想讓別人明白這樣一點：他是院長，根本就不需要拿去給別人報銷，他自己簽字就可以報銷了。這樣一來別人也就不會相信他會採用這樣的方式在受賄了。當然，也許還有其他的什麼原因，反正我不知道。不過我覺得這個人很鬼。俗話說超乎尋常為妖，也就是說，凡是不合常理的東西，總讓人覺得心裏不踏實。正因為如此，我才在心裏覺得這個人很麻煩，也很可怕。而且他的級別並不高，我覺得自己沒有必要和他繼續合作下去了。」

「也許是他太謹慎了呢？或者他……」

我在苦苦地思索，說道：「會不會有這樣的情況，比如他曾經的地位很低，很羨慕那些什麼樣的消費都可以報賬的人，現在他雖然是醫院院長了，但是卻擔心有一天自己位置不保，所以才做出這樣的事情來。」

「這也有可能。有句話怎麼說的？林子大了什麼鳥都有。有個別的人脾氣古怪，想法和常人不同，這也很難說。不過我擔心的卻不是這個方面。」他搖頭歎息道。

「你擔心什麼？」我問道。

「我一直在想，他能夠當上你們醫院的院長肯定有著某種背景。你應該清楚，現在任何一個官員的背後都有自己的背景的。但是據他告訴我的情況來看，好像他的背景並不是很厲害。對此我也做過調查，而調查的結果還真是這樣。他的背景也就是省衛生廳的一位副廳長。」他沉思著說道。

「也許我們醫院的院長這個職務並不需要特別過硬的關係，只是需要在業務上強就可以了。」我說。其實我自己都不相信這一點，是啊，醫院院長可是正廳級別的幹部，是需要省委組織部任命的，衛生廳的副廳長起什麼作用？

「不可能。」果然，他搖頭說道：「我總覺得這裏面很詭異，所以在和他接觸的時候特別小心。我很擔心今後控制不住這個人，會讓我們處於被動的狀態。有些錢可以不掙，但是必須安全。我這麼大的集團公司，下面幾千號人，如果公司因為這樣的事情出現了問題的話，就太不值得了。現在做生意難啊，不打政策的擦邊球根本就賺不到錢，但是違法的事情就更不能夠去做了。可是，他這個人又有可以利用的價值，假如他今後真的當上了校長的話，對我們公司的幫助還是會很大的。所以我最近很糾結。」

我頓時笑了起來，因為我想不到他竟然也有糾結的時候。想了想後便說道：「這次不知道他要和你談什麼樣的事情，你不是正好可以和他敞開心扉好好談談嗎？」

「如果真的能夠敞開心扉談就好了。可惜的是人心隔肚皮，要得到一個人的真心話，並不是那麼容易的啊。」他長長地歎息了一聲。

「這次很難說哦，也許他是為了他女兒的事呢？要知道，他對自己的女兒可是非常驕縱的，或者說他女兒就是他的軟肋。我想，或許這次你還真應該好好和他談談才是。」我說。

他若有所思，隨即微微地點頭，「還真是旁觀者清啊。馮笑，還別說，你真的提醒了我。對，軟肋，這個詞用得很好，很恰當。實話告訴你吧，我最擔心的倒不是其他什麼，而是因為他身後的那位副廳長是黃省長政敵曾經的秘書，這才是我一直猶豫的根本原因。」

我頓時恍然大悟，不過有件事情我不大明白，「你為什麼非得去找黃省長幫忙呢？找其他的領導不可以嗎？」

「道理很簡單，其他的人能夠當省長的可能性不大。而且我無法和其他的領導建立一種特別的、緊密的關係。而黃省長這邊有常書記，還有你在中間，所以我對今後的事情充滿了信心。」他回答說。

「可是，都已經這麼久了，你還沒說出讓常姐幫你這個忙呢。」我依然疑惑。

「現在還不到時候，有些事情要水到渠成。」

他回答說：「一方面，我公司也還有大量的上市前的準備工作要做。另外一方面，雖然我很看好黃省長未來的仕途，但是官場風雲的變化太大了，我還需要等待，等待黃省長今後到位了再說。反正有常書記在那裏，我著急什麼？其實我們做生意的和官場上面的人一樣，都必須提前站好隊，這一點至關重要。」

我點頭。

他又道：「我們做生意的自古就被人稱之為『奸商』，這裏面除了說我們商人無利不起早之外，其實還有一個意思，那就是說我們是牆頭草，兩邊倒，說我們處事圓滑沒有原則，唯利是圖。

「我林易白手起家到現在擁有了江南集團，始終就堅持了一點，踏踏實實做人，老老實實做事，從不去幹那些官場上陽奉陰違之事。凡是和我有過關係的領導，到他離休後我一樣對他們好。這就是我林易的做人原則。可是，這麼多年來我還是第一次遇到像你們章院長那樣的人，這個人太難以琢磨了。

「不過現在我已經想好了，即使是為了掌握黃省長政敵的情況，也值得和這個人交往一番，如果能夠把他控制在手上的話，就更好了。馮笑，這些事情你知道就是了，你什麼也別管。我直接和他聯繫，條件我去和他談。現在你主要的任務是把小楠和孩子照顧好。」

他的話讓我感受到了一點：這才是他林易嘛。於是我說道：「有什麼事情的話，我隨時可以去辦的。」

他搖頭，「暫時不用。你和他是一個單位的人，知道的情況越少越好。其實最近我一直在琢磨這個人，有一點是肯定的，這個人不但貪財而且好色，但是卻又膽小如鼠。呵呵！馮笑，你知道戰爭年代什麼樣的人最容易當叛徒嗎？哈哈！就是像他這樣的人！還別說，我現在對這個人很有興趣了，像這種高智商的遊戲我特別喜歡玩。說不定這件事情會成為黃省長賞識我的一個起點呢。對，就這麼辦！哈哈！沒事了，你回去吧。」

他越說越興奮，到後來竟然站了起來在他辦公室裏面轉圈，同時手舞足蹈。我看著他如同頑童一般的樣子，頓時也大笑了起來。

隨即向他告辭。他卻把我給叫住了，「馮笑，那天你去美院，亞如還對你說了些什麼？」

也許是因為心情正好吧，我把那天和吳亞如在一起的所有情況都對他講述了一遍，最後便說道：「我把她侄女安排在我家鄉的那家公司裏了，給孫露露當助理。」

「這樣也好，過段時間你把她調回來，或者我來給她安排一個……算了，我不管了。這樣，你抽時間問問常書記，看能不能給那個女孩子安排一份在國家機關的工作……也不好，她是高中生，即使通過關係進去了，今後的發展也很不利……哎！就這樣吧。我真是愧對於她啊。馮笑，這就是婚外情的後果，你一定要注意。

這婚外情怕就怕在自己不知不覺喜歡上了對方，而對方也是那麼的愛你，但是自己卻無法擺脫自己的婚姻。我和你燕妮阿姨感情很深厚，我不可能拋棄她的，為難啊！這樣也好，總算是有個了結了。」

我不禁感慨，心裏卻充滿著疑惑，「那幅字……可以另外考慮的。」

「那幅字最合適。而且你燕妮阿姨知道那幅字在她那裏，我也是沒辦法才出此下策。好了，不說了，這樣的事情說起來讓人傷感。」他說。

我這才離開了他的辦公室。

隨即去到上官琴那裏。總得給她打個招呼才是。

她辦公室的門是開著的，正在伏案工作，我輕輕敲了一下門。她即刻抬起頭來看，頓時露出了美麗的笑容，「談完啦？」

我點頭，「是啊，跟你打個招呼，我回去了。」

「坐會兒吧，我有事情跟你講。」她說。

聽她這麼說，我就只好進去了，她又給我泡了一杯茶來。我笑道：「難道還得說很久不成？」

「那就要看你的了。」她笑道，隨即在我對面坐了下去，然後一雙美目在看著我柔柔地笑。我的心頓時顫動了一下，渾身不大自然起來，「上官，你怎麼這樣看著我？不會是我犯了什麼錯誤被你發現了吧？」

她頓時笑了起來，「馮笑，我發現你最近身體狀況好多了。臉色不錯，精神狀況也很好，所以我很高興。」

「是嗎？謝謝你關心我啊。」我說。

「是這樣，最近林老闆交辦了我一件事情，不過我得先徵求一下你的意見。」她說，臉上依然是剛才那種動人的笑容。

「哦？什麼事？剛才他怎麼沒有對我講？」我詫異地問道，剛才心裏蕩起的漣漪慢慢平復了下去。

「這件事情並不大，只需要我們倆商量就行了。」她笑道，「是這樣的，董事長讓我問問你，是否需要我去你公司看看，瞭解一下情況，順便幫你們出出主意什麼的。董事長主要是考慮到孫露露畢竟沒有操作過這麼大的專案，擔心會出現什麼簍子。馮大哥，你看……」

我大喜，「好啊，我還正擔心這件事情呢，那就麻煩你了。」隨即，我把這次回家所瞭解到的情況對她講述了一遍，包括我父親任總經理的事情。

她靜靜地在聽，我講完後她笑著說道：「早知道就和你一起下去了，可是前些天我實在走不開。這樣吧，麻煩你給孫露露講一聲，我明天就下去。」

「太感謝了，真不知道該如何感謝你。」我真誠地說。

「不用，到時候請我吃飯就行，這也是老闆交給我的任務嘛。」她笑著說道。

「請你吃飯是必然的，不過這完全不足以表達我對你的感激之情。嗯，等我想想，看怎麼感謝你。對了，我醫院的專案怎麼樣了？你現在和王鑫的關係處得還不錯吧？」我隨即問道。

她笑道：「現在他可好多了，至少不再刁難我了。不過這個人真是沒什麼能力，除了會打官腔外沒什麼本事。哎！沒辦法，誰叫你們領導喜歡他呢？馮大哥，我還得感謝你從中協調呢。」

「應該的。」我笑道，「我馬上給孫露露打電話，也給我父親講一下。太感謝你了。」

她頓時不悅起來，「馮大哥，你再這樣客氣的話，我可要生氣啦。馮大哥，如果今後我做了什麼對不起你的事情的話，還希望你能夠原諒我啊。」

我笑道：「你怎麼會做對不起我的事情啊？這可是你的額外勞動，我得給你補貼才是。上官，你乾脆給我公司當顧問得了，我給你工資。但是你不要漫天要價啊，你開價高了我可付不起。」

她笑得花枝亂顫，「我哪裏敢呢？雙份工資倒是好事情，不過我可不敢要，董事長知道了肯定會馬上把我開除。」

「不會的，我給他講一聲就是。」我真誠地道。

「你千萬不要對他說這樣的事情，現在我手上的事情都忙不過來呢，剛才我和你開玩笑的，這次下去看你的專案運行情況也是董事長交給我的任務。馮大哥，真的，你千萬不要告訴董事長什麼兼職的事情啊，不然的話，他還以為我是嫌他給的待遇低了呢。」她急忙地道，不再和我開玩笑了。

「好吧。」我說。不過我心裏在想：今後一定得想個什麼辦法感謝她才行。

本來想當著上官琴的面給孫露露打電話的，可是她桌上的座機卻忽然響了起來，她接聽後對我說道：「董事長叫我。」

我只好立即告辭。

心情很愉快，因為一直以來我心裏都很擔憂這件事情，本來幾次想對林易講是否派個人去幫忙看看專案的情況，但是都沒說出口來。不是我把那麼多錢當兒戲，主要是因為我覺得按照目前的情況看，專案開展還有一段時間，而且上次我找林易談孫露露遇到的問題時，就已經表達了我的想法了，然而他只給我出了一個主意：請我父親出山。所以，我也就不好再有什麼更高的要求了。

現在，當我得知林易主動在安排這件事情的消息後，心裏當然高興了。同時我也想到了一點：可能他自己也很擔心他那筆資金的安全。

上車後我將車開出了江南集團的停車場，然後直接回到了醫院。到了辦公室後我才開始給孫露露打電話。

其實我完全可以在江南集團樓下的時候就撥打這個電話的，但是我覺得自己需要克制一下浮躁的性格，所以就竭力地忍住了內心的那種興奮。我認為，一個人的性格也是可以改變的，問題是看自己有沒有改變的願望。

我覺得自己的這種克制是對的，至少我回到辦公室後冷靜多了，因為我忽然想到了一個問題：孫露露不會覺得上官琴的這次視察是對她的一種不信任吧？如果我是她的話，如果結合最近父親的任職以及讓董潔去給她當助手的事情，我自己也很可能會產生這樣的懷疑的。

所以，到辦公室後我首先喝了一會兒茶，在心裏把事情想清楚後才開始給孫露露撥打這個電話。

「露露，我給你說一件事情。」我開始說。

「好的，你說吧。」她的聲音很動聽。

「今天我岳父把我叫到了他辦公室，他說他對我們正在進行的這兩個專案很擔憂。所以他想讓上官琴下來看看情況，瞭解一下專案目前的進展，同時對我們的工作提出一些指導性的意見。」我按照自己剛才打的腹稿開始說道。

「好啊。」她說，就兩個字。

「露露，你千萬不要有什麼其他的想法。我還是那句話，我很信任你。你一定不要誤會啊。上官來了後你認真向她彙報情況，同時也要多向她請教。上官琴有多年在江南集團運作專案的經驗，而且也獨立地管理著幾個大型專案。我相信，她來了後，一定會對我們的專案運行有很大的幫助的。」我又說道。

「我怎麼會有其他的想法呢？我這個董事長就是替你打工的，你給錢我辦事，我完全能夠擺正自己的位置，你放心好了。」她說，隨即輕笑。

我頓時放心了許多，於是又對她說道：「我可是先給你打電話的，我父親那裏就請你直接告訴他好了。對了，上官琴明天到。」

「我知道了，你放心吧，我一定認真向她彙報工作。」她說。

她的態度讓我感到很滿意，心情頓時輕鬆了下來，「露露，我父親工作的情況怎麼樣？小董還可以吧？」

「不錯啊，你家老爺子還真不錯，積極性特別高。最近一段時間天天跑縣裏的各個部門。哈哈！老爺子很有派頭，他出面請客的話，沒人敢不出來。最近的工作推動可要快多了。」她大笑著說。

我有些不大相信，「我父親不會那麼有面子吧？」

她繼續地笑，「老爺子的面子是一方面，凡是他請不動的時候，他就當著那些局長的面給龍縣長打電話，結果那些人就只得乖乖地出來了。老爺子真不錯。馮大哥，你這個辦法好，現在我的壓力可就要小多了。」

「好，太好了。」我也很高興。我想不到父親竟然像變了一個人似的，變得如此靈活機變起來。要知道，如果放在以前的話，他可是在一般情況下不會給領導打電話的，更不會仗領導的勢。仔細一想，頓時覺得這裏面還是有著他原有的性格：他這人不服輸，而且性格剛烈。

「小董也很不錯。很機靈，很懂事。馮大哥，你不知道，她才來這麼幾天，就開始有不少的小夥子在追求她了，辦公室外面時常有人在晃蕩。」她又說道。

我大笑，「她那麼漂亮，這很自然。」

「我想把她帶回來，另外那個專案距離省城近一些，而且我擔心她在你家鄉這個地方出什麼事情。你看呢？」她隨即說道。

「漂亮的女孩子到哪裏都會有人喜歡的。露露，你也是漂亮女人，難道你覺得被人追求是一件危險的事情嗎？」我笑著問她道。其實我也很想把她調回來的，因為我心裏也很擔憂這樣的事情，畢竟董潔的年齡太小了，我擔心她把持不住。不過我想到是孫露露主動提出這件事，心裏有些覺得是她故意在試探我，所以才刻意表示出一種不同意的態度。

據說當上級的就得這樣：即使完全同意下級的某個意見也得故意深思一下，然後再同意或者反對，這樣才可以顯示出上級的威信來。如果什麼都聽下級的，那還要這個上級幹什麼？

「既然她是林老闆的關係，我覺得還是應該儘量安排得好一點才是，你家鄉這地方距離省城太遠了。」她繼續說道。

我這才鬆了口，「這是小事情，你決定吧。你是我聘請的董事長，今後這樣的事情你直接處理就是，事後告訴我一聲就可以了。好了，就這樣吧，我得去吃飯了。」

「那我就真的把她給帶回來了啊。」她說。

我頓時不悅，「露露，我不是給你講了嗎？你這樣可不好，不要畏畏縮縮的，這樣的事情你完全有權力決定的。」

「嘻嘻！看來我老了，怎麼變得囉嗦起來啦？」她頓時笑了起來。

我知道她這是什麼原因：或許是我真的管得太多了，所以才讓她有了戰戰兢兢的感覺。其實我心裏也很矛盾，一方面我不可能完全放權，另外一方面卻又發現，不放權的結果就是讓她感覺到了被束縛，做起事情來就會太過小心，同時也就沒有了獨立性和創造性。我覺得這是無法解決的矛盾。

現在我才真正感覺到做生意不是一件容易的事情。特別是對於我來講，這件事情好像並沒有多少的樂趣。

三天後上官琴回來了，孫露露與她同行，當然還有董潔。

當天晚上我請她們吃飯。當然，吃飯不是目的，我很想知道上官琴這次下去後有什麼具體的意見或者措施。

我沒有想到童陽西也來了，孫露露的手在他的胳膊裏。雖然我早已經在心裏接受了這個現實，但是真正見到兩個人如此親密的時候，卻發現自己的內心有些酸酸的感覺。

不過，現在我唯有無奈。早知今日何必當初這句話完全應驗在了我的身上，而且我還不得不強顏歡笑。

落座後我開始敬酒，首先去敬上官琴，「上官，這次辛苦你了。來，我敬你。」

她朝我燦然一笑，「這麼客氣幹什麼？我可是什麼都沒做啊。受之有愧呢。」

「哪裏啊？上官姐這次給我們最大的收穫就是幫我們核算了成本，同時對今後的行銷做出了具體的安排。這些都是我們以前沒有注意到的問題。」孫露露說。

我發現童陽西今天顯得有些拘謹，他幾乎很少說話。我也沒去理他，因為現在我還有更重要的事情要詢問上官琴，而且我覺得他在這裏顯得有些岔眼。我問上官琴道：「請你具體說說，說說你對這個專案的初步感覺。」

上官琴笑道：「露露很能幹，我想不到一個剛剛接觸專案不久的人，竟然能把工作安排得如此井井有條，這也是一種天分呢。馮大哥，你可是挖到了寶了。」

我笑道：「那是，我運氣好嘛。繼續說啊？在座的都不是外人，不要光說好聽的話。那麼多錢要投到那地方，這可不是兒戲。」

上官琴接著說：「我的第一個看法是，這個專案賺錢是肯定的。因為專案的優勢擺在那裏：地方政府支持，地價便宜，享受很多優惠政策……最關鍵的是你們前期很多方面考慮得非常周全，特別是單獨修一棟高層來償還居民原有面積的方案。更絕妙的是露露先期與那些有私人房產的住戶簽訂了今後住房和商業門面面積的合同，這樣一來就大大地縮小了償還的成本……」

她說到這裏，我即刻打斷了她的話，「等等，我沒明白你這話的意思。怎麼樣先簽合同？什麼合同？」

「是這樣的。」孫露露說道，「我們根據縣政府調查的原先擁有私人房產住戶的情況，然後一一去走訪了他們。比如你馮大哥家裏現在有五十個平方的私人住房，我們就向你承諾說今後一定會還給你五十個平方的新房面積。這樣承諾後住戶當然高興啦，舊房換新房的事情誰不願意？然後我們又和你商量：考慮到每個住戶的情況和要求不一樣，今後我們新建的每套房屋不可能剛好就是五十個平方，也可能是一百個平方或者一百二十個平方。那麼多出的部分就需要另行購買才行，不過價格上我們可以優惠。這些住戶當然希望今後能夠住上更加寬大的房子了，這樣一來的話，我們今後的償還房還可以賺錢，也許這樣計算下來，我們今後的償還部分根本就是零成本了。商業門面的問題也是如此。」

我頓時明白了，不禁朝她豎起了大拇指，「好辦法。」隨即對上官琴說道：「對不起，我打斷了你的話。請繼續。」

「是我太激動了，所以沒有把事情講清楚。呵呵！」上官琴笑道，「我的第二個感覺是，你們的這個專案不但可以獲得經濟上的效益，而且還可以獲取很大的社會效益。因為你們做了一件好事，今後縣城的風貌將大大地改觀，這些都是老百姓看得見、摸得著的。也許在短時間內老百姓會抱怨你們搜刮去了他們多年的存款，但是要不了多久，他們就會覺得還是新的縣城好的。」

我很喜歡聽她這樣的評價，隨即笑道：「可惜你不是政府領導，這樣的評價如果能夠出自某位政府領導的口的話，就更具宣傳效果了。」

「這還不容易？你們拿出一部分錢，讓縣裏面的電視台天天播放舊城改造的意義不就可以了？還可以通過各種其他的宣傳方式，比如街頭上的巨型廣告什麼的。這些東西我已經與露露交流過了。縣裏面的領導其實也很重視這個專案的，他們大會小會都在替你們宣傳呢。」上官琴笑著說。

我點頭。

「現在你們需要做的有幾個方面。」上官琴繼續地道，「第一，必須建設與行銷宣傳同步。特別是要注意今後預售的方式。我想，今後你們可以搞一下抽獎。比如，你們可以從整個舊城改造的房源中拿出幾套來進行抽獎，這樣就可以激發民眾購買的激情。」

我擔憂的道：「這個辦法倒是不錯，不過萬一到時候拿出來的幾套房子都在前面一下子被抽獎抽跑了怎麼辦？」

上官琴笑道：「馮大哥可真夠誠實的，抽獎的事完全可以人為控制的。假如說你拿出十套房來抽獎，在抽獎第一天的上午就讓一個人中獎，這樣一來就會刺激其他人的購買熱情。隨後在逐一安排需要別人中獎的時間。這很容易的啊，到時候你們自己做獎票，可以中獎的那張獎票在哪一天獎票裏，完全可以人為安排好的。」

我不禁笑了起來，心裏暗歎：還真是無商不奸，老百姓怎麼會料到商家會採用這樣的策略？他們看到的僅僅是天上掉下來的餡餅罷了。

「第二就是一定提前儲備土地。舊城改造結束後，整個現場的環境將大大改觀，今後下面各個鄉鎮稍微有錢的人都會到縣城來購置房產，有的人可能是用於自己居住，但是我相信今後會有更多的人是用於投資。所以，那時候舊城改造後修建的商品房會出現短缺的情況。如果你們提前低價儲備一部分土地的話，今後的利潤將是舊城改造的幾倍。」她隨後又說道。

我喜不自禁，不禁感歎不已，「上官，你真是太厲害了，今後的事情都被你看到了，勝讀十年書啊。」

「客氣了。」上官琴笑道，「第三，我看了縣裏面的規劃，發現他們在縣城的東邊規劃了一大片用地作為公園。我覺得你們可以免費為縣裏面修建好那座公園，條件是把那片規劃用地旁靠著河邊的那一片土地低價轉讓給你們。馮大哥，那地方可是修建高檔社區的極佳之地啊。任何地方都是有一部分人群很有錢的，而這部分人就是未來高檔社區商品房的潛在購買者。今後在那地方修建別墅或者花園洋房絕對好賣，這就叫利潤的最大化。大的方面我就只講這些，細節上的事情我已經和露露商量過了。」

「上官姐確實很厲害，我真的很佩服。來，我敬你一杯。上官姐，這幾天你可是教會了我太多的東西了，我感激不盡。」孫露露端起酒杯對上官琴說道。

說實話，這一刻在我心裏最感謝的卻是林易，因為我發現他在這時候派出上官琴去指導我們那個專案，真的是恰到時候。

孫露露在去敬上官琴酒的時候，我舉杯去敬童陽西。我覺得這個時候最恰當，因為我不需要去看孫露露可能會流露出來的某種複雜的目光。當然，我也會少了些尷尬。

「小童，我敬你。最近還好吧？」我朝他舉杯。

「還可以，專案進展很順利，收購需要的各種手續馬上就要辦完了。接下來是改造以前的廠房、更換原有的設備。」他回答說，很靦腆的樣子。

我點頭，「看來你也很能幹啊，希望你今後更加努力。」

「謝謝馮醫生的鼓勵。」他說道。

我們隨即喝下了杯中酒，隨後我又問他道：「小童，莊雨在你那裏還不錯吧？」

「嗯，這個人很不錯，勤快且聰明。現在他已經是伙食團長了。」他回答說。

我頓時笑了起來，「喲！當官啦？」

童陽西笑道：「他現在和以前不一樣了，每天身上穿的都是西裝呢。不過……」

看著他欲言又止的樣子，我急忙地問道：「怎麼啦？」

「馮醫生，我也不知道該不該把這件事情告訴你。據我所知，這個莊雨好像是結了婚的吧？」他問我道。

我心裏頓時一怔，他話中的意思我已經明白了，「你的意思是……他最近有什麼新動向？」

他笑了笑卻不說話。

「這件事情以後再說。」我即刻對他說道。我想：在這裏說這件事情不大好，而且我還需要先告知了莊晴再說。

隨即，我端杯去看董潔。

可能她早已經意識到我接下來要敬她的酒，所以她早已經變得緊張了起來，臉早已是紅彤彤的了。

本來應該先去敬孫露露的，但是她正在和上官琴說話，而且我覺得今天自己應該表現出一種姿態，主動去敬孫露露和童陽西的酒。還有，我發現董潔臉上緊張而充滿期待的神色。

所以，我即刻朝董潔舉杯，同時對她說道：「小董，聽說你表現不錯，今後繼續努力啊。」

董潔的臉更紅了，即刻站了起來連聲地道：「是，我知道了。」

「你隨意喝就是了。」我朝她微笑，隨即一口將自己杯裏的酒一飲而盡。

孫露露和上官琴已經結束了談話，孫露露笑著說道：「馮大哥，你好像從來沒有這樣體貼過我們啊？每次都是叫我們喝完的。」

上官琴也笑，「就是。」

我頓時有些尷尬起來，急忙地道：「人家小董還小，而且是剛剛到我們公司上班。所以……對了，來，我敬小童和你一杯。露露，小童，我祝你們愛情甜蜜。」

孫露露怔了一下，隨即才笑吟吟地舉杯，同時去看了童陽西一眼。童陽西急忙地道：「謝謝。」

這杯酒喝下後我說道：「好了，從現在開始不要談工作上面的事情了。大家多吃菜，酒嘛，想喝就喝，不想喝我也不勸。」

「好像你酒量很大似的。馮大哥，你可要知道，今天你可是一個人，什麼你不勸啊？是要看我們的態度。露露，小董，你們說是不是？」上官琴說。
「也行啊，我和小童一起喝你們三個，誰怕誰啊？」我笑道。
「小童才不會和你一起呢，人家是和露露一邊的。」上官琴大笑。
我搖頭，「現在是按照性別分了，我相信小童不是那種重色輕友的人。小童，是吧？」
童陽西即刻說道：「是，喝酒的事情上我和馮醫生站在一起。」
上官琴「嘖嘖」了兩聲，隨即用同情的目光去看著孫露露，「露露，你完了。還沒結婚都管不住了，今後怎麼得了？」
孫露露輕輕打了上官琴一下，「上官姐，不准開這樣的玩笑。」
上官琴笑著躲閃，「好了，我建議大家還是少喝點酒的好。我和你們可不一樣，一會兒萬一喝醉了回去可沒有人照顧，而且我今天覺得特別的累。馮大哥，我們儘快吃完早點結束了吧。好不好？」
我去看孫露露，「你說呢？」
「我是你的員工，聽你的。」她笑著說。
其實今天晚上我一直都覺得怪怪的。因為我畢竟和孫露露有著那樣的關係，每當我目光觸及到她的時候，總是會情不自禁地會想起她不穿衣服時候的樣子，還有她在我身下婉轉呻吟的神情。可是，她現在卻成了童陽西的女朋友，更要命的是今天童陽西卻偏偏又在場。

儘管我和孫露露都竭力在保持著一種朋友關係的樣子，但是我卻總覺得彆扭。更何況我還知道，上官琴是知道我和孫露露的這種關係的。

幸好今天上官琴很注意，她並沒有隨意地亂開玩笑。

我也知道，可能孫露露也和我一樣，也許她心裏也覺得有些彆扭和刻意地注意。不然的話，她不可能就連這麼點酒也要和我計較一番的。

於是我笑著說道：「算了，我看這樣，桌上就我和小童兩個男人，我們倆把剩下的酒分了乾杯吧。」

上官琴並沒有反對。

晚餐結束後我們到了酒樓外面。今天這頓飯是我吃得最彆扭的一次，特別是後半場。

孫露露上了童陽西的車，我心裏再次感覺到酸酸的，一直目送他們離開後，才忽然想起上官琴和董潔還在自己的身後。

「馮大哥，心裏很難受是吧？」上官琴在問我。

我霍然一驚，急忙轉身去看，頓時鬆了一口氣，因為我並沒有發現董潔在身後，於是趁此問道：「小董呢？」

「她方便去了。」上官琴說，同時在看著我笑，眼裏有波光在流動，「馮大哥，我也回去了，小董就只有你送了。」

「麻煩你送吧，我送她不大方便。對了，我還不知道她住什麼地方呢。」我說，覺得她的話裏有些怪怪的。

「她可是孫露露特地給你留下的哦。我今天太累了，得馬上回去休息了。」她笑著說，聲音壓得比較低。

我不禁苦笑，「上官，別開這樣的玩笑，這個小董可是你老闆的關係，算起來她應該是晚輩呢。行，既然你累了那就我送吧。上官，謝謝你啊，今天你的那幾條建議對我們的幫助太大了，謝謝你啊。」

「既然我們是朋友，這種客氣話就不要說了。」她笑著說。

隨即她上了車，我這才發現她的坐騎已經換成了一輛白色的寶馬。

現在，我不得不佩服林易：他選擇的人才還真是不錯，而且他也很善於留住並管住自己的人才。我想，這應該是一個成功企業家必須具備的能力吧？

董潔出來了，我問她：「晚上你住哪裏？」

「我已經給姨打電話了，還是回她那裏去住。」她說。

我笑道：「行，那我送你。今後我讓你們孫董事長給你安排一個地方住下來。如果你覺得需要的話。」

「謝謝。」她低聲地道，「馮醫生，我還是自己搭車回去吧。」

「也行，這樣，我給你攔一輛車。」我說。其實我真的很不想送她，因為美院那地方和我的住家完全是反方向。

隨即我去到路邊給她攔了一輛計程車，給了司機一百塊錢，同時吩咐駕駛員道：「麻煩你把她送到美院，剩下的錢你補給她。」

董潔上車走了，我這才轉身去開自己的車。

就在我朝著自己車走去的過程中，我再一次感覺到孤獨和寂寞在朝我襲來。

請續看《帥醫筆記》之十五　作繭自縛

帥醫筆記 之14 政商交鋒

作者：司徒浪
發行人：陳曉林
出版所：風雲時代出版股份有限公司
地址：105台北市民生東路五段178號7樓之3
風雲書網：http://www.eastbooks.com.tw
官方部落格：http://eastbooks.pixnet.net/blog
Facebook：http://www.facebook.com/h7560949
信箱：h7560949@ms15.hinet.net
郵撥帳號：12043291
服務專線：(02)27560949
傳真專線：(02)27653799
執行主編：風雲編輯小組
美術編輯：風雲編輯小組

法律顧問：永然法律事務所 李永然律師
北辰著作權事務所 蕭雄淋律師

版權授權：蔡雷平
初版日期：2016年1月
初版二刷：2016年1月20日
ISBN：978-986-352-274-4

總經銷：成信文化事業股份有限公司
地　址：新北市新店區中正路四維巷二弄2號4樓
電　話：(02)2219-2080

行政院新聞局局版台業字第3595號 營利事業統一編號22759935

定價：280元　特價：199元

國家圖書館出版品預行編目資料

帥醫筆記／司徒浪著. --初版-- 臺北市：風雲時代，
2015.06 -- 冊；公分

ISBN 978-986-352-274-4（第14冊；平裝）

857.7　　104008026